당신이 문득
길고양이와 마주친다면

* **일러두기**

본문 사진 중 출처를 밝힌 것을 제외한 나머지 사진은 나비야사랑해 구조 및 봉사활동에 참여한 분들이 제공한 것임을 밝힙니다.

당신이 문득 길고양이와 마주친다면

15년간 1,500마리의 고양이를
구조한 기적 같은 이야기

유주연 지음

비타북스

프롤로그

서울 용산에는 길냥이가 쉬어가는 집이 있다

"갑자기 결혼을 하게 됐어요."

"제가 유학을 가야 해서요."

"이사를 했는데 집주인이 안 된다는데 어쩔 수 없죠."

고양이 보호소를 찾는 이들은 작고 어여쁜 고양이에게 변치 않는 사랑을 다짐하며 이곳을 나선다. 하지만 보호소를 떠났던 녀석들이 다양한 이유로 하나둘씩 되돌아올 때마다 마지막까지 책임을 지는 일이란 정말 어려운 일임을 깨닫는다.

사람의 입장에서야 '곧 다시 행복해지겠지' 하고 생각할 수 있다. 그러나 파양을 당한 동물들은 '곧'이 아닌 '끝'을 생각한다.

잠시나마 한껏 사랑받았을 동물이 보호소의 삶을 받아들이기란 쉽지 않다. 새로운 환경에 적응하고 낯선 친구들과 어울리는 일은 새로운 고난이다. 어떤 녀석들은 엄마 아빠에게 버림받았다는 충격에 식음을 전폐하거나, 따돌림을 당하며 생을 마감하기도 한다.

사랑은 변하지 않더라도 상황에 따라 사람이 변하기도 한다. 마스는 2008년 한 외국인에게 입양을 보낸 고양이다. 마스의 반려 크리스틴은 한국에서 영어를 가르치는 선생님이었다. 이들의 만남은 미국에 있는 크리스틴의 할머니가 위독해지면서 급변했다. 할머니 간호를 위해 그녀는 하던 일도 그만두고 급히 미국으로 돌아간 것이다.

졸지에 고아가 된 마스는 다시 우리 품에 안겼다. 하지만 녀석은 그 어떤 것도 입에 대지 않고 멍하니 창문만 바라보았다. 며칠을 안 먹는 통에 불안한 마음으로 병원을 찾았더니 고양이에게는 사형선고나 다름없는 복막염 판정을 받은 것이다.

우리는 이 사실을 크리스틴에게 전했다. 당시 할머니의 임종을 지키던 그녀는 마스를 미국으로 보내달라고 요청했다.

“미국으로 보내주기만 하면 무엇이든 할게요. 마스의 마지막은 내가 지켜야 해요.”

울며 매달리는 그녀의 부탁을 거절할 수 없었다. 문제는 마스의 몸 상태였다. 당시 마스는 배에 복수가 차 거동도 불편했다. 열한 시간이나 비행기를 탄다는 것은 불가능에 가까웠다. 그럼에도 보호소의 모든 이들과 병원 관계자들은 크리스틴과 마스의 재회를 위해 한마음으로 간호했다.

마스도 엄마에게 간다는 사실을 무심코 느꼈던 걸까? 다행히 녀석은 기적적으로 회복해 미국행 비행기에 올랐고, 무사히 엄마 크리스틴의 품에 안겼다.

얼마 뒤 기쁜 소식이 도착했다. 미국의 동물병원에서 정밀 검사를 한 결과 한국에서 받았던 복막염 진단이 오진이었다는 것이다. 초진 당시 마스는 간성혼수가 있었고 복수가 찼으며 면역력도 바닥을 치던 상황이어서 복막염에 가까운 간수치를 기록

했기에 생긴 오해였다. 마스와 크리스틴은 여전히 건강한 나날을 보내고 있다.

15년간 버려진 고양이들에게 새 삶을 찾아주면서 '고양이 팔자 두룸박 팔자'라는 생각을 하곤 한다. 어떤 집사를 만나느냐에 따라 고양이의 처지가 뒤바뀌는 상황을 수없이 겪다 보니 드는 생각이다. 마스의 사례는 해피엔딩이지만, 보호소에는 자신들의 반려와 헤어져 깊은 실연의 상처를 입은 존재들이 훨씬 많다.

연휴와 명절 기간에 주인에게 버려지거나, 고양이 카페에서 돈벌이에 이용되다가 카페가 문을 닫은 후 내팽개쳐진 아이들, 농가에서 쥐잡이로 고용된 고양이, 평생 빛 한 번 보지 못한 채 실험실에 갇혀 있는 아이들까지… 무수한 사연과 아픔을 지닌 고양이들이 우리 보호소에 온다.

구조된 고양이들에게는 회복과 입양에 이르는 긴 여정을 위해 잠시 쉬어갈 방 한 칸이 필요했다. 차가운 세상에서 받았을 몸과 마음의 상처를 치료하고 따뜻한 가족을 만나기까지 준비할 수 있는 시간과 공간.

고양이 보호소 '나비야사랑해'는 그 시간을 벌어주기 위해 마련된 조그만 방이다. '문'을 사이에 두고 안팎의 나비들에게는 도움이 필요했다. 고양이를 돌볼수록, 문밖에, 아니 이 세상 곳곳에 숨어 있는 고양이들이 눈에 밟혔다. 지붕, 화단, 담벼락, 심지어 위험한 찻길 등 손길이 필요한 녀석들은 넘쳐났다.

그러다 보니 어느새 큰 집이 필요해졌다. 현재 서울 용산에는 세 곳의 고양이 쉼터가 있고, 약 150여 마리의 고양이들이 모여 살고 있다.

구조해 치료한 뒤 새로운 삶을 선물해주는 80여 마리가 거주하는 휴양소이자 입양센터, 28마리의 노령묘들이 요양하는 실버타운, 마지막으로 13마리의 중증 환자묘들이 사는 시크릿 가든까지… 나는 이곳에서 운영진과 함께 위기에 처한 고양이를 구조하고, 연계 병원을 통해 치료한 뒤에 입양을 보내고 있다. 그리고 보호소에서 생활할 수 없어 임시보호처에서 간호를 받는 10마리와 연이은 파양으로 갈 곳이 없는 고양이 20마리가 나의 집에 거주하고 있다.

새로운 사랑을 만나 제2의 삶을 그리는 녀석, 힘든 여정을 뒤로 한 채 고양이 별로 돌아가 먼발치에서 나를 내려다보는 녀석, 수년째 우리와 동고동락하며 일거수일투족을 지켜보는 녀석들까지… 15년간 이 일을 하면서 나의 유일한 역할은 그들의 삶이 새드엔딩으로 끝맺지 않도록 돕는 것이었다. 그것이 이 세상에 태어난 그들에게 내가 해줄 수 있는 최선이라고 믿는다.

나의 이름으로 책이 나오지만 단언할 수 있는 것은, 길냥이들을 구조하고 돌보며 입양하는 과정에서 나 혼자만의 힘으로 된 일은 아무것도 없었다. 나비야사랑해의 사람들과 봉사자분들, 안 보이는 곳에서 늘 도움을 주시는 후원자분들, 길냥이들의 몸뿐 아니라 마음까지 치유하려고 노력하는 이리온 동물병원… 이들이 있었기에 이 책이 나올 수 있었다.

이 책이 누군가에게 읽혀 녀석들에게 도움의 손길로 이어질 수 있다면, 그래서 그들의 인생에 기적이 일어난다면, 그보다 더한 기쁨과 행복은 없을 것이다.

유주연

추천사

글을 읽으면서 버려진 동물들이 느낄 서러움에, 생명이 있는 존재가 돈벌이로만 취급되는 현실에, 대한민국 동물권의 절망적 현주소에 안타까움을 금할 수 없다. 그럼에도 아픔을 이겨내고 씩씩하게 묘생 2막을 사뿐사뿐 걸어가는 고양이들의 모습에서 깊은 위로와 희망의 힘을 얻는다. 언제나 힘든 내색 없이 밝은 모습으로 고양이들의 든든한 비빌 언덕이 되어주는 유주연 대표에게도 감사의 인사를 전한다.

임순례 (동물권행동KARA 대표, 영화감독)

"동물은 인간의 유희를 위해 탄생한 생명체가 아니다. 인간이 살아가는 데 동물이 함께 한다면 서로가 피해를 주거나 받지 않고 공존해야 함이 마땅하다. 최소한 아프고 힘든 동물에게는 도움을 주어야 하고, 약자로서 받을 수 있는 고통이나 학대에서 구조해주어야 한다."
책의 한 구절을 읽으면서, 반려동물을 비롯한 세상 모든 동물들에 대해 다시 한 번 생각하게 되었다. 고양이나 동물에게 조금이나마 관심이 있는 사람들, 애정을 품은 사람들, 혹은 '한 번 키워볼까?' 고민하는 사람들에게 이 책을 권하고 싶다. 새로운 생명과 함께 한다는 것은 생각보다 많은 준비가 필요하고, 책임을 느껴야 한다는 것을 이 책을 통해 전해주고 싶다.

김명수 (인피니트 엘, 별이 집사)

10년 전 고양이 보호소 '나비야사랑해'를 방문한 적이 있다. 유독 길고양이에게 혹독한 이 땅의 현실에서 보호소는 외로운 섬처럼 도심에 존재하고 있었다. 이곳에 온 고양이치고 사연 하나쯤 없는 고양이가 없겠지만, 밤이 늦도록 유주연 대표가 들려준 낱낱의 사연은 오래도록 마음에 남았다. 그리고 이렇게 그동안의 숱한 이야기와 시간들이 고스란히 책으로 묶여 나왔다. 15년간 그 외로운 길에서 한결같이 고양이에게 따뜻한 마음을 전해온 그의 진심이 책의 낱장마다 새록새록하다. 부디 이런 진심들이 퍼져나가 무수한 길 위의 생명들을 아끼고 기적처럼 함께 사는 세상이 펼쳐지기를 기원한다.

이용한 (《안녕, 고양이는 고마웠어요》 저자)

이 책은 '나비야사랑해' 15년의 생생한 기록이며, 씩씩하고 따뜻한 40대 소녀의 가슴 찡한 자서전이다. 유주연 대표의 묵직한 진심에 닿으면, 당신은 이 세상 모든 고양이와 '오늘부터 1일'을 선언할지 모른다.

김영신 (네이버 동물공감판 (주)동그람이 대표)

국회에 길냥이급식소를 설치한 후, 누군가 아주 작은 아깽이를 급식소에 두고 간 일이 있었다. 대선 준비로 유주연 대표에게 아깽이를 잠시 부탁했고, 검사 과정에서 고양이가 횡경막 기형임을 알게 되었다. 하늘로 돌아갈 날이 멀지 않았던 것이다. 당시 그녀가 무척 가슴 아파했던 것이 마음 깊이 새겨져 있었는데, 이 책을 통해 그녀의 따뜻한 마음이 다시금 전해지는 깊은 감동을 받았다. 그녀의 따스한 마음이 많은 곳에 전해져 물들길 간절히 바란다.

한정애 (더불어민주당 의원)

CONTENTS

part 2

절망을 기적으로 바꾸는 법

part 3 끝까지 책임질 수 없다면 키우지 마세요

part 4 당신이 문득 길에서 고양이와 마주친다면

part 1

나는 캣맘입니다

고양이를 만난 뒤
겨울이
가장 싫어졌다

나는 겨울이 오면 눈을 기다리곤 했다. 회색빛 도시가 소복이 쌓인 눈으로 하얗게 물들고, 그 시끄럽던 세상이 금세 고요해지는 풍경이 그렇게 좋을 수 없었다.

그런 날이면 으레 멋진 오버코트를 입고 거리로 나가 발끝으로 전해지는 아삭함을 즐겼다. 적어도 내가 고양이를 만나기 전까지 겨울은 그런 존재였다.

추위가 막바지에 다다를수록 캣맘과 캣대디의 마음은 불안해진다. 영하 10도, 영하 16도, 수은주가 좀처럼 오르지 못하는 추위가 이어질수록 불안감이 온몸을 엄습한다. 두 시간 전에 두고 온 핫팩은 아직 따뜻한지, 기껏 보온병에 담아 간 물이 꽁꽁 얼지는 않았을지, 행여나 다 식어버린 밥에 녀석들이 실망하고 돌아가지는 않았을지….

머리가 무거워지면 몸을 써야 한다고 했던가? 이 고민을 해결할 방법은 단 하나뿐이라는 사실을 잘 알고 있다. 한편으로는 '내일은 더 피곤하겠지'라는 생각이 들지만 서둘러 다시 나갈 채비를 한다. 어둠이 짙게 깔린 골목길 위에 아직 남아 있는 내 발자국을 더 깊게 아로새기며 조용히 움직인다.

혹여 따뜻해진 핫팩 위로 옹기종기 모여 거대한 냥모나이트

허술하게 만든 집이지만 애용해주시니 감사할 따름입니다요.

를 말고 있는 녀석들을 볼 때면, 어느 정도 먹어치운 밥그릇과 아직 얼어붙지 않은 물그릇을 확인할 때면, 냉랭하던 내 가슴에도 안심이 몽글몽글 피어올라 단 몇 시간이라도 눈을 붙일 수 있는 나름의 면죄부를 얻는 기분이다.

문제는 그 반대다. 그 반대의 경우라면 내가 좋아하던 겨울이 그렇게 원망스러울 수 없다.

새벽마다 작은 가족공원을 찾아가 밥을 줄 때가 있었다. 그날따라 새벽은 유독 혹독하게 시렸고, 기대와는 반대로 얼어붙은 물그릇과 다 식어버린 핫팩이 딱딱하게 굳어 있었다. 밥그릇에 눈까지 덮여 있는 것을 보니 억장이 무너졌다.

그곳은 공원에 살던 여덟 마리의 고양이 중 일곱 마리를 중성화하고, 나머지 한 마리를 포획틀에서 이동장으로 옮기는 중에 이동장 문이 떨어져 나가면서 TNR(길고양이 중성화 수술 후 방사 및 관리) 포획에 실패한 검둥이의 밥자리였다.

녀석은 한동안 얼굴을 보이지 않더니 그날은 살이 빠진 모습으로 나타나 밥자리에서 조금 떨어진 언덕에서 나를 빤히 쳐다보고 있었다. 반가운 마음에 이름을 부르며 뛰어갔지만 움찔하며 거리를 벌였다. 그럼에도 도망치려는 기색은 보이지 않았다.

불현듯 이상한 생각이 들었다. 나는 핫팩을 넣어둔 작은 집안을 들여다보았다. 검둥이와 꼭 닮은 새끼 고양이 한 마리가 차갑게 식은 채 누워 있는 것이 아닌가.

무지개다리를 건넌 지 얼마 안 되어 보였다. 다급히 마사지를 하고 옷 속에 넣어 몸을 따뜻이 덥혀보았다. 검둥이에게 "대체 무슨 일이 있었던 거야?" 하고 소리도 질렀다. 녀석은 아무 말 없이 그런 내 모습을 지켜볼 뿐이었다.

내가 할 수 있는 일이란 그만 눈물을 닦고, 따뜻한 핫팩을 끼운 담요 안에 새끼 고양이를 잠시 넣어두고, 밥과 따뜻한 물을 갈아주는 것이었다.

하나둘씩 밥을 먹으러 오는 고양이들이 보이기 시작했지만, 가까이에 있던 검둥이는 다가오지 않았다. 고양이들이 밥을 다 먹고 떠난 후 나는 제법 따뜻해진 새끼 고양이를 깨끗한 새 담요에 싸서, 검둥이가 자주 있었던 양지바른 곳에 깊이 묻어주었다. 그 모습을 끝까지 지켜보던 검둥이는 내가 차로 돌아가는 뒷모습까지 지킨 후에 밥을 먹고 사라졌다.

그날 이후 공원에 밥을 주러 가는 일이 힘들었다. 조바심이 났고, 긴장이 되었고, 무엇보다 검둥이를 만나는 게 너무 미안했다. 그리고 며칠의 시간이 흘렀을까? 다시 공원을 찾았을 때, 나는 검둥이에게서 뜻밖에 선물을 받았다.

아마도 검둥이의 마지막 남은 아이였으리라. 이제 막 눈을 뜬 지 10일 정도 되어 보이는 작은 생명체. 살아있었다. 빽빽 울고 있었다. 빠닥빠닥 움직이고 있었다.

검둥이는 이제 막 눈을 떠 엄마를 알아보는 아기 고양이를 차게 식은 핫팩 위에 두고 나를 기다리고 있었다. 녀석은 내가 자신의 죽은 아기를 묻어주었을 때처럼, 내가 마지막 살아있는 아기를 데려가는 모습을 그 자리에 서서 지켜보고 있었다.

누군가는 녀석들의 이야기를 들어줘야 하지 않을까?

"그런다고 뭐가 달라져요? 유난이네요."

"사람도 힘든 겨울인데, 어찌 한낱 짐승을 돌봅니까!"

"그래봐야 본질적인 건 해결 안 돼. 쓸데없는 짓이야."

길에 앉아 고양이 밥을 주는 나에게 툭툭 던지는 말들. 이제는 내성이 생겨 "그래도 같이 사는 세상인데요" 하고 웃으며 넘긴다. 수많은 사람들이 모여 사는 곳인 만큼 중요한 것도, 애틋한 것도 다를 테니까. '난 맞고 넌 틀려!'라는 아집에 서로 반목하는 시간에도 길고양이들은 여전히 거리를 헤맬 것이고, 번식장 고양이들은 영문도 모른 채 새끼를 밸 것이며, 갖가지 이유로 버려지는 녀석들은 늘어갈 것이다.

누군가는 법적 장치 마련을 위해, 누군가는 사회문화적 인식 개선을 요하며 목소리를 높일 때, 누군가는 지금 이 시간에도 거리를 떠도는 녀석들의 이야기를 들어줘야 하지 않을까?

언젠가부터 눈 위에 찍힌 고양이 발자국은 세상에서 가장 슬픈 그림이 되었다.

내가 고양이 보호소를 운영하고 입양 보내는 것에 거창한 의미를 부여하거나, 사회적 책임이라 포장하고 싶은 생각은 추호도 없다. 난 그저 한 사람의 인간으로서 그들에게 도움을 주며, 새로운 삶의 기회를 선물하고 싶은 것뿐이니까.

구매자, 판매자, 양산자, 보호자 등 여러 군상들이 섞여 있는 이 복잡다단한 문제가 가위바위보처럼 단시간에 매듭지어질 수는 없을 것이다. 다만 느리더라도 천천히, 하루하루 내가 할 수 있는 일에 최선을 다한다면 몇 달 뒤 불어올 따스한 봄바람처럼 언젠가 변화의 바람이 불어오지 않을까.

나는 이제 눈이 싫어졌다.
온 세상을 깨끗하게 덮은 첫눈 위로
쓸쓸히 찍힌 고양이 발자국은
나에게 많은 의문과 눈물을 쏟게 만든다.
밥은 먹고 가는 거니?
가서 편히 따뜻이 쉴 곳은 있는 거야?

저라고
특별한 사람은
아닙니다

"왜 이 일을 하세요?"

"언제부터 하셨어요?"

이제는 익숙하다 못해 자다가 들어도 대답할 수 있는 질문들…. 호기심과 의아함, 신기함이 한 줌씩 섞여 있는 그 눈빛을 마주할 때마다, 마치 답을 채근하는 듯한 눈으로 나를 바라볼 때마다 "고양이가 좋아서요"라고 말하기에는 너무 실없고, "하다 보니까 그렇게 되었네요" 말하기에는 너무 무책임한 느낌이라

“그러게요” 하고 웃어넘기곤 한다.

‘날 좀 봐줘요! 나 이런 일 한다니까요’라고 자랑하고 싶어 시작한 일도 아니었고, 처음부터 ‘고양이를 위한 삶을 살겠다!’ 다짐한 것은 더더욱 아니었기에 조심스러울 수밖에 없다.

나는 평범하기 그지없는 사람이다.

내가 처음 고양이와 인연을 맺은 것은 미국 유학 시절이었다. 다른 언어와 문화, 생소한 음식 등 이방인으로서 맞닥뜨린 온갖 어려움 속에 허우적거리고 있을 때 미야가 나타났다. 녀석은 나에게 먼저 다가와준 유일한 ‘친구’였다.

말이 통하지 않아도 스스럼없이 다가와준 녀석. 지금 와서 생각해보면 그때의 난 미야가 먼저 내민 손을 잡은 것에 불과했다. 버려진 새끼 고양이였던 미야가 어떻게 살아왔는지에 대해서는 궁금하지 않았으니까. 그저 녀석과 함께 있는 내 삶에 만족했을 뿐이었다.

아마 녀석은 그 작은 호박색 눈으로 본 내 모습이 처량하고 안쓰러워 ‘너도 고생이구나’ 하고 아량을 베푼 것이거나, 타국에서 홀로 고군분투하는 나를 보고 자기와 비슷한 처지라고 느꼈던 게 아닐까? 정확한 이유야 지금은 하늘에서 날 보며 웃고 있을 미야만이 알겠지만, 평범하던 내 삶에 고양이란 존재가 불쑥 찾아든 순간이었다.

두 번째 고양이와의 인연은 한파가 극성이던 어느 겨울날 퇴근길에 우연히 고양이 울음소리를 듣고부터였다. 당시 나는 장장 11년의 긴 유학 생활을 마치고 귀국해서 '인간 유주연으로 먹고살기 위한 일'을 시작했다.

회사에 들어갔고, 안정적인 벌이가 보장된 삶을 누리며, 보통 사람으로 자리 잡았다. 힘들었던 유학 시절은 물론, 그토록 애틋했던 미야와의 추억도 세상살이에 묻혀 조금씩 희석되고 있었다.

그러던 어느 날이었다. 좁고 어두운 골목 안에서 들려오는 새끼 고양이의 울음소리는 집으로 가려던 내 발길을 붙잡았다.

'어미가 없나? 추울 텐데?'

회색빛 콘크리트 위에 노란색 털 뭉치처럼 붙어 있는 새끼 고양이 두 마리, 왠지 모르게 측은했다. 가까이 다가가도 움직이지 않는 녀석들은 찬바람에 도망칠 기력도 빼앗겨버린 것 같았다. 나는 녀석들과 마주 앉아 눈을 맞췄다. 그런데 놀랍게도, 그 눈에 그동안 잊고 있었던 미야가 묻어나 있는 게 아닌가!

모든 것이 새로웠다. 나무나 화분에 물을 주는 것과는 달랐다. 나는 녀석들을 위해 몇 알의 사료를 챙겨주기 시작했다. 시간이 지날수록 종이컵에 담아주는 게 미안해 예쁜 밥그릇을 샀고, 또 녀석들이 좋아하는 사료는 무엇인지 입맛에 맞는 사료를 찾으러 온 동네를 뒤지고 다녔다. 미야가 내게 해주었던 것처럼 두 마리 고양이에게도 세상의 따뜻함을 알려주고 싶었다.

내 모습이 낯선 듯 처음에는 경계하던 녀석들은 어느덧 먼저 다가와 머리를 비비고, 내 손길에 배를 발랑 뒤집는 매력을 뽐내기도 했다.

적은 양의 사료와 물만으로도 저들의 삶이 변화될 수 있다니! 꽤나 흥미로운 일이었다. 한 그릇 두 마리로 시작한 가욋일은 호기심 반, 만족감 반이 적절히 어우러져 시나브로 그 영역을 넓혀

나갔다. 그렇게 새로운 친구들을 만났고, 녀석들과 친해질수록 내 시간과 돈과 체력이 소진되었지만, 개의치 않았다. 문제는 그게 아니었으니까.

밥그릇을 치운 건 인간인데, 모든 화살은 고양이 탓으로

아는 만큼 보인다고 했던가? 길거리에 방치된 고양이들을 돌보는 시간이 늘어날수록 미처 보지 못했던, 애써 신경 쓰지 않았던 현실이 눈앞에 닥쳐왔다.

가장 먼저 맞닥뜨린 문제는 개체 수였다. 처음에는 두 마리 새끼 고양이의 배를 채워주고 따뜻하게 해주면 된다고 생각했다. 당시에는 그것이 얼마나 얄팍한 생각이었는지를 미처 몰랐다.

6개월 뒤 마주한 결과는 두 마리에서 여덟 마리로 불어난 고양이 대가족이었다. 불어나는 사료, 쏟아지는 배설물, 영역 싸움으로 인한 소음까지, 나는 어느새 그 동네 주민들의 공공의 적이 되어 있었다.

"그렇게 좋으면 데려다 키울 것이지…."

"동네 시끄럽고, 냄새 나게 이게 뭐야!"

여덟 마리 중 또다시 세 마리가 임신을 하고, 아이들이 영문 모를 죽음을 맞으면서 나는 내가 무언가 큰 잘못을 하고 있다는 것을 깨달았다.

나는 고양이가 태어나고 약 6~7개월이 지나면 발정기에 들어서 교배를 할 수 있고 새끼를 갖는다는 사실을 알아야 했고, 성별에 따라 나타나는 현상을 확인해야 했으며, 근친을 한다는 것과, 새끼를 배면 한번에 4~7마리를 낳는다는 사실을 알아야 했다. 나는 이 사건으로 TNR의 필요성은 물론, 고양이에게 사람들과 함께 살아갈 수 있는 기회를 주는 '입양'의 소중함을 배웠다.

두 번째는 녀석들 대부분이 '굶주리고 아픈 상태'였다는 것이다. 늘어나는 개체 수만큼 보금자리와 먹이는 줄어들었고, 몇몇 사람들의 일방적인 비난과 학대는 거리를 배회하는 고양이들을 벼랑 끝으로 내몰았다.

그러다 보니 고양이들은 자연스럽게 음식물 쓰레기통을 뒤지고, 쓰레기봉투를 찢었다. 그리고 아주 작은 음식이라도 얻었다 싶으면 이를 지키기 위한 싸움도 마다하지 않았다.

녀석들은 오로지 생존이라는 삶의 무게를 짊어진 채 살아갔다. 자신들이 무엇을 하기 위해 태어났고, 또 무엇을 할 수 있는지는 모조리 잊어버린 것만 같이 행동하는 녀석들을 볼 때마다 가슴이 아렸다. 단지 살기 위해 발버둥 치는 것일 뿐인데, 행동 하나하나에 미운 털이 박혀 '몹쓸 짐승'으로 덧씌워진 길고양이들. 밥그릇을 치운 건 인간인데, 모든 화살은 사건 현장에서 목격되는 고양이 탓으로 귀결되었다.

단순히 밥을 주는 일로 발을 들였지만, 모든 일이 그렇듯 이상과 현실의 확연한 차이에 괴리감이 찾아왔다. 난 길고양이의 문제행동을 방지하기 위해 고양이 밥을 주었을 뿐인데, 어느 순간 동네 환경을 저해하는 골칫덩어리가 되어 있었다.

사람들의 눈을 피해 늦은 시각에 돌아다니고, 먹이 장소를 깨끗이 치워도 돌아오는 것은 깨진 밥그릇이요, 산산조각 난 고양이 집이었다. 내가 가는 곳마다 으레 이런 환영식은 연례행사처럼 반복되곤 했다.

잔해를 치우고 새 그릇을 꺼내 밥을 주고 녀석들의 먹방을 지켜보며 이따금씩은 '길고양이와 인간의 공존을 위해 노력하는 건데 응원은커녕 죄인처럼 숨어서까지 이 일을 해야 하나?'라는 생각이 울컥 치밀어 오르기도 했다.

하지만 그럴 때마다 내 신발에 앞발을 얹고 '여, 잘 먹고 가네' 인사하는 녀석들이나, '괜찮아 사는 게 다 그렇지. 옆집 김씨 아저씨는 집에 늦게 들어왔다고 쫓겨나더라. 힘내'라며 꾹꾹이를 해주는 애교쟁이들이 있었기에, 용기를 잃지 않을 수 있었다.

'시간 여행을 떠나서 20대, 30대로 돌아간다면 난 같은 선택을 할까? 어쩌면 다른 길을 선택할 수도 있지 않았을까?'

지금껏 이 일을 해오면서 현재 이 자리에 있지 않을 이유를 찾아보기 위해 수없이 반복해온 질문이다. 수십 마리의 고양이들과 부대끼며 살면 예쁜 옷도 마음대로 입지 못하고, 집안 곳곳에 고양이 털이 떠다니며, 창문이라도 열었다 싶으면 건초 덤불마냥 둥글둥글 말린 털들이 방바닥을 굴러다닌다. 그런 삶에 만족할 수 있을까?

답은 YES! 방법은 의외로 간단하다. 검은 옷은 안 입으면 그만이고, 현관·방·거실·주방 곳곳에 휴대용 돌돌이를 비치하면 되는 일! 어쨌든 내가 더 부지런하면 해결되는 문제이니까.

한없이 미약한 걸음이지만 고양이를 위한, 고양이와의 공존을 위한 변화를 만드는 것. 거창한 신념도 없고 투사도 아니다. 그저 그것이 내 몫이라고 생각하며 이 길을 걸을 뿐이다.

너를 알고부터

눈이 오는 날은 포근하지 않고, 비가 오는 날은 싱그럽지 않아.

그래도 괜찮아.

난 내일도, 다음 달도, 내년에도

네가 여기로 와준다면 그걸로 만족하거든.

15년 동안
13억을 쓰자
엄마가 한 말

고양이와 함께 하는 나의 인생은 그 이전 삶과 비교해 180도 바뀌었다. 만나는 사람도, 사람들과 나누는 대화도, 심지어 만나는 장소까지 모두 길고양이와 관련되어 있다.

내 삶이 바뀌는 동안 나만큼이나 삶이 바뀐 또 한 사람이 있다. 길고양이와 함께 하는 나의 삶을 가장 싫어하고 불안해하는 사람, 바로 우리 엄마다. 고양이에 푹 빠져 사는 내 모습을 걱정스러운 눈빛으로 바라보며, 제발 현실 좀 생각하라며 다 큰 딸을 다그치던 엄마.

부모님은 유학을 마치고 내가 사업을 물려받기를 바랐다. 그런 부모님의 바람과는 달리 나는 귀국 후 이 골목 저 골목에서 쏟아지는 개와 고양이의 구조 요청에 눈코 뜰 새가 없었다.

세상 모든 유기동물을 구조하겠다는 듯 혼자 바빴고, 은행 잔고는 동물들의 치료비로 줄어들었다. 15년의 세월 동안 유기동물을 위해 쓴 돈이 13억을 넘어서자 부모님은 기함을 했다.

사업운이 따랐는지 유학 후 시작한 몇 가지 사업이 잘 풀렸고, 당시 30대의 나이에 나는 상당한 자산을 보유할 수 있었다. 여러 채의 작은 상가와 오피스텔, 지방의 넓은 땅까지…. 풍족한 삶이 보장되어 있었다. 그 자산을 15년 동안 하나하나 처분한 끝에 어느새 13억이라는 돈을 쓴 것이다.

그럼에도 나는 내 자신은 물론 가족에게도 당당하게 굴었다. 10년 넘게 가족 모임에 뻰질나게 늦고, 초췌한 몰골로 등장해 이미 결혼한 두 동생의 가족들을 당황하게 만들곤 했다.

"세상에 고양이라는 동물은 다 없어졌으면 좋겠다."

엄마는 그런 내 모습에 학을 뗐고, 그렇게 말하는 엄마와 나는 일상적인 모녀의 대화를 나누지 못했다. "고양이가 먼저니? 부모가 먼저니?"라는 질문을 늘 달고 사는 엄마의 말에 내가 인상을 찌푸리면 대화가 아닌 언쟁이 시작되었으며, 서로의 마음에 남는 건 생채기뿐이었다.

그럴수록 나는 고양이에게서 더 위로를 받았다. 가족들과 좀 멀어지기는 했지만, 나는 직접 설립한 고양이 보호소 '나비야사랑해'에서는 엄마 역할을 잘해 나갔다. 많은 고통과 아픔에 방치되어 있던 고양이들을 만났고, 주인에게 버림받은 녀석들을만나면서 매 순간 감당할 수 없는 슬픔이 밀려오기도 했지만, 좋은 주인을 찾아주기 위해 노력했다.

그런 노력 끝에 새로운 집과 반려를 찾은 고양이들을 보면서, 나는 물론 보호소도 조금씩 단단해지고 성숙해질 수 있었다.

고양이라면 질색하던 엄마가 밥을 주기 시작했다

그러던 어느 날 엄마가 이상한 말을 했다. 오전 5시만 되면 하루도 빠짐없이 수영장을 다녀오는 부모님에게 아침 인사를 건

네는 고양이가 있다는 것이다. 때로는 아빠의 차 밑에서 낮잠을 자기도 하는데, 그 모습이 꽤 신기하다며 웃으시는 게 아닌가! 그때는 몰랐다. 부모님 댁에 매일 나타나는 고양이가 엄마의 마음을 바꾸어놓을 줄은….

"저 고양이는 내가(엄마가) 지금껏 알던 고양이가 아니야."

엄마는 그 고양이에게 외모와 전혀 어울리지 않는 '장미'라는 이름을 지어주었다. 그러고는 현관 앞에 장미를 위한 급식소도 마련해주었다. 장미는 하루에 한 번 엄마가 주는 깨끗한 물과 사료를 먹으러 반 년 넘게 부모님 댁을 드나들고 있다.

한 번은 녀석이 집 앞 창고에 몰래 들어갔다가 보안벨을 울려 새벽에 부모님 잠을 깨운 일이 있었다. 화를 내며 단번에 밥 주는 일을 그만둘 것이라는 내 예상과는 달리 엄마의 반응은 기운 빠질 정도로 담담했다. "비가 와서 들어갔나?"

또 한 번은 보호소 일로 늦은 시간까지 동료들과 회의를 하던 중에 엄마에게서 다급히 전화가 왔다. 집 근처에서 장미가 보이지 않는다며 당장 와서 찾아보라는 것이었다. 회의를 서둘러 마치고 길을 나서려는 찰나 울먹이는 엄마의 목소리가 수화기 너머로 들려왔다.

"장미가 왔어. 눈물이 다 나려고 하네."

이후 엄마와 장미는 요즘 말로 베프가 되었다. 이제 부모님 댁을 찾으면, 내가 현관문을 열자마자 엄마의 첫마디는 "장미 밥그릇 봤니? 밥 먹었어? 밥그릇 비어 있나 봐"로 바뀌었다. 또 엄마는 현재 거주 지역의 재개발이 시작되면, 장미를 이사 가는 곳으로 데려가겠다고 했다. 봄날 쉴 곳을 찾아 날아온 나비 한 마리가 안식처에 걸터앉아 긴 휴식을 취하듯, 장미는 세상 모든 고양이를 싫어하던 엄마의 마음속에 조용히 자리 잡았다.

뚱냥이 뒤태를 자랑하며 엄마가 집 한 켠에 마련해준 급식소에서 사료를 먹는 장미

한평생 바뀌지 않을 것 같았던 엄마를 보며 나는 오늘도 희망을 품어본다. 십여 년 전만 해도 나 같은 캣맘은 죄인처럼 인적이 드문 곳에 급식소를 만들고, 늦은 시간에만 길냥이들에게 밥을 챙겨주면서도 행인들에게 이유 없는 해코지를 당하지 않을까 늘 뒤통수가 싸늘했다.

그런데 요즘은 캣맘들이 크게 늘어 내가 담당하는 급식소에 여러 종류의 고양이 사료를 수북하게 쌓아놓고 가는 날이 종종 있을 정도다. 앞으로 더 좋은 날이 오지 않을까? 그런 날이 하루라도 빨리 올 수 있도록 돕는 일. 그것이 나와 나비야사랑해의 소명일 것이다.

고양이 그리고 엄마.

둘 다 내 삶의 가장 소중한 존재들이다.

그날 밤
나는 녀석의 세상을
뒤엎어버렸다

고양이는 어느 곳에나 있다. 도로에도, 주차장에도, 식당 앞에도, 쓰레기장과 골목길에도…. 그중에는 더 이상 길에서 살아갈 수 없는 상태의 고양이들도 상당수다. 다리가 부러지거나 눈을 잃어버린, 깊은 상처를 안고 사는 고양이들. 또는 사람들의 폭력과 혐오로 위협받는 고양이들.

상처 입은 동물들은 대개 지칠 대로 지친 상태가 되어서야 우리 앞에 모습을 드러낸다. 그러니 그런 고양이와 만났을 때 내가 서둘러 구조하는 것은 다른 선택지가 없는 유일한 답이다. 적어도 내게는 분명히 그렇다.

차를 몰고 8차선 도로를 달리고 있을 때였다. 멀리서 쓰레기 더미를 뒤지고 있는 고양이가 보였다. 한 끼라도 배불리 먹이자 싶어 나는 차를 돌려세웠다.

그동안 얼마나 이 거리를 헤맸을까? 녀석은 고양이 캔을 든 낯선 사람에게 스스럼없이 다가왔다. 흰 바탕에 노란 무늬 털은 이미 꾀죄죄하게 때가 타 도시의 회색빛과 닮아 있었다. 음식 찾기가 얼마나 힘들었으면 이 큰길까지 나와 쓰레기를 뒤질까. 코끝이 찡했다.

그런데 한참을 굶주렸을 고양이는 눈앞의 음식보다 정작 내 손길을 더 원하는 것 같았다. 내게 몸을 비비고 손을 붙잡아 장난을 걸더니, 너무나 해맑게 발라당 드러눕는 것이다. 빠르게 달리는 자동차 소리에 놀라는 기색조차 없었다.

'길에서 살아가는 방법을 터득하지 못했구나.'

누군가 키우다 내다버린 게 분명했다. 이런 녀석을 두고 돌아서려니 발이 떨어지지 않았다. 보호소로 데려가는 것이 당연하다고 생각했다.

나는 녀석에게 즐겁게 살라는 뜻으로 '조이'라는 이름을 붙였다. 하지만 이름과는 달리, 조이는 우리 보호소 안에서 가장 슬픈 고양이처럼 보였다. 물도 마시지 않고 밥도 먹지 않았다. 다른 고양이와 어울리지 못했고 온종일 창가에 앉아 있기만 했다.

그대로 둘 수 없어 붙잡고 억지로 조금이라도 먹인 날은 더 서러운 눈빛으로 손길마저 피했다. 그날 밤 만났던 그 고양이가 맞나 싶을 정도였다. 조이는 결국 병원에 입원해야 할 정도로 쇠약해졌다. 모든 것이 혼란스러웠다. 내가 도대체 조이에게 무슨 짓을 한 건가!

'길에서 잘 살던 고양이를 괜히 데려와 죽게 만드는구나.'

무섭고 겁이 났다. 그날 밤의 '문제'는 조이가 아니었다. 문제는 바로 '나'였다. 고양이를 다 안다는 오만한 생각, 잘못된 시선, 성급한 행동…. 조이는 아무것도 잘못하지 않았는데 그날 밤 나는 조이의 세상을 뒤엎어버렸다.

그렇다고 이제 와서 조이를 다시 그 길 위로 돌려보내는 것도 못할 짓이었다. 내가 할 수 있는 게 아무것도 없었다. 이후 3개월 동안 조이는 병원을 제집처럼 드나들었다. 병원에서는 몸이 아픈 게 아니라 마음이 아픈 것이라고, 그저 영양 조치밖에 할 수 없다고 했다. 점점 힘들어하는 조이의 모습을 볼 때마다 아무것도 할 수 없는 나 자신이 너무 원망스러웠다.

조이의 입양처를 찾는 일 역시 쉽지 않았다. 길고양이 출신의 앙상하게 마른 성묘, 심지어 아프기까지 한 고양이는 불쌍한 존재일 뿐, 손 내밀어 도움을 주는 사람이 나타나기 어렵다는 것은 불 보듯 뻔했다. 나는 매일 울었다. 말 그대로 매일.

조이의 이야기에 마음 아파하던 보호소의 외국인 봉사자 코디 님이 페이스북에 사연을 전했다. 주한 미군 군공무로 있다가 6개월 뒤에 영구 귀국 예정인 외국인 노부부에게도 이 소식은 전해졌다. 그리고 얼마 후 노부부는 한국을 떠날 때까지만 조이를 임시보호해주겠다는 반가운 소식을 보내왔다.

노부부는 오랫동안 키우던 리트리버를 얼마 전 하늘나라로 보내고, 한동안 반려동물을 생각하지 않았다고 한다. 하지만 조이의 사연에 마음을 움직일 수밖에 없었다고 했다.

노부부는 의연했다. 이미 한 번의 이별을 경험했기 때문인지 내가 "조이는 어쩌면 떠날 준비를 하고 있는지도 모르겠어요" 하고 펑펑 울자 내 등을 조용히 쓰다듬으며 "그래도 우리가 있을 테니 걱정 마요" 하고 말해주었다.

나는 누군가 툭 건드리기만 해도 눈물이 터져 나올 듯한 가슴을 움켜쥐고 간신히 그 집을 나왔다.

첫날은 조이가 편안한 자세로 소파에 누워 있는 모습의 사진이 왔다. 둘째 날은 조이가 침대에 누운 노부부 사이에서 편히 잠든 모습의 사진이 왔다. 셋째 날은 문자 메시지가 도착했다.

"우리 개가 먹다 남은 사료가 있는데, 그걸 조이가 참 잘 먹어요." 조이는 그 집에서 먹기 시작했다. 그리고 살기 시작했다.

"우리는 캐나다로 갑니다. 그리고 조이도 함께 갑니다."

마지막으로 노부부에게서 받은 전화 내용이었다.

2년 후 몰라보게 살이 찐 조이가 머리에 고깔모자를 쓰고 생일 축하 파티의 주인공이 된 사진을 받았다. 나는 조이를 두고 온 날 흘렸던 눈물보다 더 많은 기쁨의 눈물을 흘렸다.

조이가 사람에게 버려졌던 아이였는지, 아니면 그저 사람을 좋아하는 길고양이였는지, 혹은 그날 밤 그저 잠깐의 온기가 절실했던 것인지 나는 아직도 잘 모르겠다. 사람에게 친밀감을 느끼고 표현한다는 이유만으로 구조 대상이라고 판단한 내가 틀렸을 수도 있다. 하지만 여전히 나는 사람에게 친화적인 고양이를 만나면 발길을 돌릴 수 없다.

다시 또 어딘가에서 두 번째,
세 번째 조이를 만난다면
나는 어떻게 해야 할까?

홀쭉했던 볼이 통통해져서 생일 사진을 찍은 조이의 모습

옥상에서
떨어트려보자!
죽진 않을 거야

그날도 길고양이들을 돌보고 터덜터덜 집으로 돌아오는 길이었다. 늘 지나는 아파트 단지를 걸어갈 때, 한 무리의 아이들이 머리를 맞대고 동그랗게 모여 뭔가 재미난 놀이를 하는 것처럼 말을 주고받고 있었다.

"괜찮을까?"

"그럴걸? 옥상에서 떨어트려볼까? 그래도 살 거야. 한번 확인해보자."

한 아이의 마지막 말이 내 귀에 꽂혔다. 그 말 한마디에 무심코 고개를 돌렸고, 아이들 손에 들린 작고 검은 물체를 보았다. 주기적으로 커졌다 작아졌다를 반복하는 그것, '생명'이었다.

유난히 몸을 웅크린 탓인지 작은 실뭉치처럼 보였다. 녀석은 죽은 시늉을 하듯 크고 동그란 눈을 꼭 감고 있었다. 어미가 위험한 순간이 닥치면 눈을 감고 죽은 척을 하라고 시킨 것일까 싶을 정도로 미동도 없었다. 바들바들 떨리는 몸과 들쑥날쑥 긴장한 숨소리가 아니었다면 차마 생명인 줄 몰랐을 것이다.

나는 놀란 마음을 누르고 아이들을 채근해 고양이를 넘겨받았다. 사실 한 대씩 쥐어박고 싶은 마음이 굴뚝같았지만, 좋은 말로 타일러서 무사히 고양이를 데려올 수 있었다.

'아이들이 잘 몰라서 그렇지.'

이렇게 생각하기에는 세상이 고양이를 대하는 방식은 너무 무심하고 그만큼 잔인했다.

또 한 번은 집 근처를 산책하다가 유리 출입문에 '상중'이라고 쓰인 식당 앞을 지날 때였다.

'상중이어서 3일 동안 영업을 못합니다.'

유리 출입문 위에 붙은 메모지 너머로 보이는 식당 안에는 손바닥만 한 노란 고양이 한 마리가 초록색 노끈에 묶여 있었다. 언제부터 굶었는지 밥그릇의 흔적은 보이지 않았고, 곳곳에 배설물도 있었다.

그때 내 머릿속은 당장 문을 열어야겠다는 생각뿐이었다. 밖으로 튀어나온 자물쇠를 부수고 무작정 식당에 들어가 고양이를 빼냈다. 치료가 시급해 보여 동물병원에 고양이를 맡긴 다음에 나는 식당으로 돌아왔다. 그제야 내가 엄청난 일을 벌였다는 걸 깨달았다.

나는 고양이 배설물을 치우고 연락처를 남겨놓은 후, 새로 산 자물쇠를 채웠다. 지금도 마음에 걸리는 일이지만, 며칠 후 돌아온 식당 주인 부부에게 "지나가다 보니 고양이가 죽어 있는 것 같아서 어쩔 수 없었어요"라는 변명으로 상황을 무마할 수밖에 없었다. 다행히 고양이는 영양실조 이외에 별 다른 이상이 없었고, 가까스로 부모님의 허락을 받아 '애기'라는 이름을 얻어 우리 가족의 일원이 되었다.

나라고 세상 모든 고양이를 구할 수 없다는 사실을 잘 안다. 함부로 남의 가게의 문을 부쉈다고 지탄받을 수도 있다. 하지만 그 순간 나는 도저히 가만있을 수 없었다. 나는 기적이란 커다랗고 번뜩이는 변화라고 생각하지 않는다. 생각지도 않게 내민 손, 그래서 삶이 바뀌었다면 그건 기적 이상의 일이라고 믿는다. 그들이 내민 마지막 손길을 저버린다면 그것은 기적으로 향하는 작은 문을 내가 닫아버리는 일일 수 있다.

세상이 너희에게 해줄 수 있는 것

옥상에서 떨어질 뻔한 검은 고양이에 대한 뒷이야기를 하자면, 나는 당시 일곱 마리의 고양이와 동거 중이던 나의 작은 집에 녀석을 데려와 여덟 번째 식구로 맞이했다.

녀석은 어두운 밤에는 그 형태조차 보이지 않을 정도로 작고 까맸다. 어떤 이름을 지어줄지 고민하다가 녀석의 털 색깔과 모습을 본떠 'Chocolate Kitten'을 줄여 쵸키라는 이름을 선물했다. 녀석을 위한, 세상에 단 하나뿐인 이름이었다.

다크 초콜릿처럼 새까만 쵸키의 털. 카리스마 있는 외양과는 정반대로 녀석은 대단한 애교쟁이였다.

쵸키는 금세 우리 집 귀염둥이로 자리매김했다. 형, 누나들과 스스럼없이 지내면서 빠른 속도로 적응해나갔다. 처음 보는 녀석들과 장난도 치고, 함께 어울리는 모습을 보면서 쵸키가 장성한 모습을 상상하곤 했다. 짙은 검은색 코트를 걸친, 늠름하고 멋진 자태를 그려보는 것만으로도 입꼬리가 절로 올라갔다.

당시 나의 삶은 회사일과 퇴근 후 길고양이를 돌보는 일로 양분되어 있었다. 아침부터 저녁까지 이어지는 업무를 마치고, 남들은 집으로 돌아갈 시간에 거리를 헤매며 새로운 고양이를 찾아 나섰다.

배고픈 녀석들, 아픈 녀석들, 갓 태어난 녀석들… 날마다 새로이 만나는 고양이들을 구조해 밥을 주고 치료하고, TNR과 방사까지 하다 보니 시간이 어떻게 흐르는지 모를 정도로 빠르게 흘러갔다. 회사일과 업무 이후의 외도(?)로 지친 내게 집에 있는 8남매들, 특히 쵸키의 깨방정은 세상 그 어떤 것보다 좋은 피로회복제였고 유일한 낙이었다.

화창한 가을, 평범하기 그지없는 일요일 오후였다. 초랭이 방정을 떨며 부산을 떨어야 하는 쵸키의 모습이 유난히 의젓해 보였다. 32층 창가에 몸을 기대어 하염없이 파란 하늘을 바라보는 게 '벌써 사춘기가 온 건가?'라는 생각이 들었다.

간식으로 녀석의 주의를 끌어봤지만, 흘깃 눈길만 주고는 영 반응이 없었다. 아니, 도리어 쵸키의 눈동자와 머리가 살짝 떨리는 것 같았다. 뭔가 싸한 느낌을 억지로 지우고, 별일 아닐 거라고 되뇌며 병원을 찾았다.

복막염. 고양이에게 가장 치명적이고 위험한 질병. 쵸키의 몸에서 복막염이 확인되었다. 지금은 다행히 신약이 개발되었지만, 쵸키에게 발병했던 시기에는 그조차도 없었다. 반려인이 할 수 있는 일이란 억지로 고양이에게 먹이를 먹이고 그 힘으로 버텨주기만을 바라는 것 외에는 무엇도 할 수 없는 병이었다.

'왜? 왜 나한테, 아니 우리 쵸키한테 이런 일이?'

쵸키의 몸은 빠르게 굳어갔다. 밥도 물도 먹지 않고 늘 한 곳만 바라보며 식빵자세로 앉아 있었다. 머리와 눈동자에서 시작된 떨림은 온몸으로 번졌고, 고작 몇 보 떨어진 내 품으로 오는 동안에도 몇 번이나 쓰러지고 미끄러졌다.

한 손에 들어올 정도로 작고 쇠약해진 쵸키의 몸은 바이러스를 이겨낼 수 있을 만한 힘이 없었다. 부지불식간에 세력을 키운 병균은 무주공산이나 다름없는 쵸키의 몸 이곳저곳을 점령해갔다. 복부에서 시작한 병균이 쵸키의 뇌와 시신경을 거쳐 온몸으로 퍼져나갔다.

고양이에게 복막염이란

대부분의 고양이는 장에 코로나 바이러스를 가지고 있는데 이 코로나 바이러스가 돌연변이를 일으키면 복막염을 유발할 수 있다. 코로나 바이러스는 건성과 습성 두 가지로 나뉘어 발병하며, 습성은 장기에 부종이 생기고 복수가 차오르면서 황달을 동반하며 빠르게 진행되고, 건성은 그보다는 느리지만 신경계 병변을 일으켜서 결국 사망에 이르게 하는 무서운 병이다. 다행히 2015년에 신약이 개발되었고, 나비야사랑해 보호소에 거주 중인 고양이 두 마리도 투약을 받고 있다.

그 어떤 노력도 진행 속도를 늦추기에는 역부족이었다. 하루하루 기온이 급격하게 떨어지는 초겨울 무렵, 쵸키는 제 힘으로는 한 발짝도 움직일 수 없을 정도로 기력이 쇠해졌다. 모두가 끝을 알고 있었지만, 적어도 나만큼은 기적을 바라고 또 바랐다.

그러나 현실은 창문을 두드리는 겨울바람만큼이나 냉혹했고, 떨어지는 낙엽만큼이나 위태로웠다. 나에게, 우리에게 허락된 시간은 겨우 3개월 남짓이었다. 그리고 2006년 12월 21일 작디작던 검은 털 뭉치 쵸키는 내 곁을 떠나 천사가 되었다.

하나님은 천사가 필요할 때 제일 예쁜 아이들을 데려간다고 했던가? 나와 쵸키의 짧았던 동거는 그렇게 끝나버렸지만, 고양이별에 가서도 녀석은 애교 넘치는 모습으로 예쁨을 받고 있을 것이라고 나는 믿고 있다.

그곳은 어때? 잘 지내고 있니?

우리 나중에 꼭 웃으며 다시 만나자.

고양이에게
명절이란

1년에 두 번, 명절이라는 긴 연휴를 앞두고 사람들은 설렌다. 오랜 기간 집을 비울 때마다 나는 이런 상상을 하곤 한다.

'고양이에게 명절은 어떤 의미일까?'

지겹도록 집사와 부대끼며 살아온 고양이에게는 껌딱지 집사의 귀성이 신나는 일일지도 모르겠다. '내 휴식 시간을 방해하는 녀석이 사라졌군' 하며 따뜻한 볕을 찾아 늘어져 있을 것이다.

소파에 누워 TV를 켜고 홈쇼핑 채널에서 판매하는 명절 특선 간고등어 물량을 바라보며 '음… 간만 안 뱄으면 딱인데' 하고 입맛을 다시거나, 주변 길냥이들을 초대해 파티를 열지는 않을까? 간식을 늘어놓고 장난감을 굴리고, 캣닙을 흩뿌리며 마음껏 우다다도 하겠지.

하지만 이런 명랑한 상상은 오래가지 않는다. 매해 연휴 때마다 늘어나는 거리의 고양이들, 누군가의 집에서 혹은 누군가의 마음에서 밀려나 냉혹한 거리로 내몰린 녀석들이 떠올라서다.

푸짐한 저녁상 앞에 온 가족이 둘러앉아 있는데도 나는 가족과의 대화에 낄 수 없다. 웃고 떠드는 시끄러움 속에서 유독 나에게만 들리는 유기동물에 관한 뉴스 때문이다.

"휴가철을 비롯해서 설, 추석 등 명절 연휴 기간에는 평소보다 4배 이상 많은 동물들이 버려지고 있습니다. 농림축산식품부에 따르면 지난 해(2018년) 10만 2,500여 마리의 동물들이 유기 혹은 유실이 되었습니다. 이중 1,200여 마리는 설 연휴 기간에, 1,300여 마리는 추석 때 유기된 것으로 나타납니다."

뉴스에서는 휴게소나 관광지 등 동물들이 버려지는 장소와 버림받은 동물들 중에 30%만이 새로운 가족에게 입양되고, 47% 이상은 안락사로 생을 마감한다는 소식을 연달아 전했다.

집고양이가 길 밖으로 나왔을 때

의도적이든 의도적이지 않든 갑자기 세상 밖으로 내보내진 고양이들의 삶은 불 보듯 뻔하다. 평생을 집 안에서 살아온 녀석들에게 인도와 차도, 음식물 쓰레기와 간식을 구분하라는 것은 폭력에 가깝다. 녀석들은 생존을 위해 하루하루 버틸 뿐이다. 사람과 싸우고, 도시와 싸우고, 무엇보다 외로움과 싸운다.

동물은 인간의 유희를 위해 탄생한 생명체가 아니다. 인간이 살아가는 데 동물이 함께 한다면 서로가 피해를 주거나 받지 않고 공존해야 함이 마땅하다. 최소한 아프고 힘든 동물에게는 도움을 주어야 하고, 약자로서 받을 수 있는 고통이나 학대에서 구조해주어야 한다.

버려진 동물들 역시 한때는 자신과 함께 했던 '사람 가족'을 그리워한다. 버려진 후 녀석들에게는 '왜?'라는 생각과 두려움뿐 원망 같은 건 없다. 한때 사랑받았기 때문이고, 그것이 전부이기 때문이다.

떡국, 새해, 송편, 달밤, 가족… 떠올리기만 해도 배가 불러오는 단어들이다. 명절이 행복할 수 있는 건 이런 단어들이 주는 푸근함 때문일 것이다. 유기, 학대, 버림, 방치… 다음 명절에는 부디 이런 무서운 단어들이 줄어들기를 기도한다.

사지 마세요. 입양해주세요.

그리고 '책임감'도 함께 입양해주세요.

유기 및 유실을 막는 동물등록제

정부는 반려동물의 유기 및 유실을 막기 위해 2014년부터 반려동물에게 내장형 마이크로칩을 이식하거나 외장형 무선식별장치를 부착하는 동물등록제를 전국으로 확대 시행하고 있다. 반려동물을 잃어버리거나 유기했을 때, 동물등록정보를 통해 소유자를 쉽게 확인할 수 있다.

출처: 농림축산검역부

후원금,
제대로
쓰이고 있을까?

구조는 단순히 덫을 놓고 기다렸다가 덫 안으로 들어온 고양이를 병원에 데려다놓는 포획과 다르다. 구조는 포획 후에 그 고양이의 삶을 어떻게 안전하고 행복하게 그리고 언제까지 보장해줄지를 결정하는 것이다.

국내에는 규모와 색깔이 다른 수많은 동물구조단체들이 있고, 그들은 각자의 신념을 가지고 일하려고 노력한다. 그리고 동물을 사랑하는 사람들의 '후원금' 덕분에 어려움 속에서도 힘을 얻고 신념을 유지할 수 있다.

큰 단체들은 1년에 20~50억 원의 후원금이 모이지만, 지방의 작은 보호소와 지자체에 등록되지 않은 개인 보호소의 경우에는 보호하는 동물들에 비해 턱없이 적은 후원금이 들어오기 때문에 운영하는 일이 쉽지 않다.

나비야사랑해의 경우에는 2006년 개인 보호소로 출발했기 때문에 후원금을 거의 받지 않고 시작했다. 그 후 2014년 사단법인 허가를 받고부터 80여 명의 정기 후원자들이 한 달에 적게는 5,000원에서 많게는 10만 원 정도의 금액을 보내어, 매달 150만~200만 원의 정기 후원금을 받고 있다. 다만 정기 후원금만으로는 동물들의 구조 및 병원비를 충당할 수 없기 때문에 네이버 해피빈을 통해 기부를 받아 1년에 약 6,000만 원의 후원금을 별도로 모금해 상처 입은 고양이들을 위한 치료비로 쓰고 있다.

한 번은 입양 상담을 위해 보호소를 찾아온 가족이 있었는데, 안타깝게도 가족 중 한 분이 알레르기가 있어서 고양이를 집에 들이지 못하는 상황이었다.

그날 저녁 다시 연락을 주셨는데 아이가 마치 국어책을 읽듯 또박또박한 목소리로 "고양이를 입양 못하는 대신에 보호소에

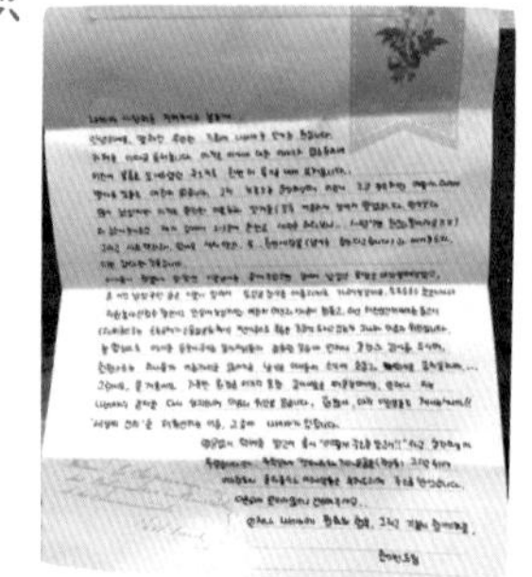

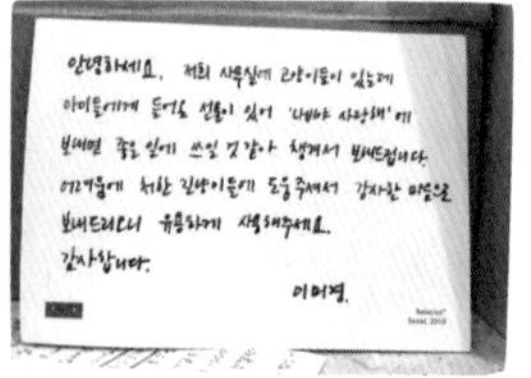

안녕하세요. 저희 사무실에 고양이들이 있는데
아이들에게 들어온 선물이 있어 '나비야 사랑해'에
보내면 좋은 일에 쓰일 것 같아 챙겨서 보내드립니다.
어려움에 처한 길냥이들에게 도움 주셔서 감사한 마음으로
보내드리오니 유용하게 사용해주세요.
감사합니다.

감사하게도 손편지를 써서 보내주시는 후원자분들. 그분들이 있기에 매일매일 기적이 일어난다.

만 원씩 후원하고 싶어요. 아픈 고양이를 구조해주셔서 감사합니다"라는 인사를 전했다.

엄마의 속삭이는 목소리도 수화기 너머로 들리는 것을 보니, 아마도 아이는 옆에 앉은 엄마의 말을 따라 하는 것 같았다. 눈물이 핑 돌고, 어느 큰 단체나 기업에서 받는 어떤 후원보다도 값지고 소중한 경험이었다.

후원자들이 우리 동물보호단체들에 돈을 보내는 이유는 분명하다. 자신들 대신 구조 동물을 잘 돌봐달라는 뜻이다. 그 돈은 단순히 물질적 가치가 아니라 고마움과 미안함, '이제는 죽지 않

고 잘 살 수 있을 거야'라는 희망이 담겨 있다.

하지만 이와 반대로 최근 뉴스를 보면, 동물보호단체가 모금받은 후원금을 횡령하거나 그 돈으로 해외여행을 가는 등의 일을 벌여 후원을 했던 많은 사람들에게 큰 상처를 주는 사건이 벌어지고 있다.

이로 인해 많은 사람들이 동물단체에 불신을 품게 되었고, 제대로 된 관리 및 감독이 없는 후원금 체계에 일침을 놓는 계기가 되었다.

한 번 무너진 신뢰를 어떻게 회복할 수 있을까? 분명 많은 시간이 필요하고 두세 배의 노력으로도 부족할 것이다.

그에 앞서 투명한 후원금 관리가 무엇보다 중요해졌다. 후원금은 동물의 안위와 보호를 위해 쓰이는 것이 마땅하고, 최대한 안락사를 줄이기 위해 쓰여야 한다.

또한 동물단체는 후원금을 받는 것에서 그치지 않고 보호 중인 동물들이 현재 어떤 상황인지 후원자들에게 확인시켜줄 의무를 반드시 지켜야 한다. 말 못하는 동물들이기에 언제 어디서 제2, 제3의 무책임한 피해가 벌어질지 모르기 때문이다.

후원자분들께도 꼭 당부드리고 싶은 말이 있다.

후원금의 많고 적음을 떠나 동물단체의 규모가 크고 작음을 떠나서 후원금이 어디에 어떻게 쓰이고 있는지 직접 확인해주기를 바란다.

사단법인 동물단체의 경우, 홈페이지에 들어가면 후원금 내역을 명시하도록 되어 있어서 연간 후원금과 사용내역을 확인할 수 있다.

만약 구조 당시에 특별히 도움을 주고 싶었던 동물이 있었다면, 구조 이후 그 아이가 어떻게 살아가고 있는지 관심을 기울여주기를 바란다.

가여운 마음에 보낸 진심 어린 후원금이 그 동물의 행복으로 바뀌는 과정을 모두 함께 지켜봐야 한다. 그것이 후원자분들이 마땅히 누려야 할 권리이자 진정한 책임감이라고 생각한다.

말을 못 하기 때문에 아픔을 호소하지

못하는 아이들에게는

끝까지 관심의 눈길이 필요합니다.

우리의 구조가 정답은 아닐지라도

새벽부터 굵은 빗줄기가 창문을 두드렸다. 오후 내내 을씨년스러운 날씨가 계속되더니 저녁 무렵에는 제법 쌀쌀해졌다.

바닥을 뒹구는 낙엽을 따라 들어간 골목에서 고양이 한 마리를 만났다. 춥지도 않은지 빌라 계단 위에 발라당 누워 연신 장난치던 녀석. 목에 걸린 '땅콩'이라고 쓰인 이름표와 살짝 잘린 왼쪽 귀, 통통한 몸집으로 보아 이름 모를 캣맘의 조공을 받는, 인간들의 골목 통행을 윤허해준 이 골목의 지배묘란 걸 추측할 수 있었다.

'힘든 시기를 용케 버텨냈구나.'

녀석의 곁을 지나치면서 우리가 사는 세상 곳곳에 스며들어 살고 있을 이름 모를 나비들을 떠올렸다. 지금 이 순간에도 위험에 처해 고통받고 있을, 주린 배로 거리를 헤매며 도움을 요청하고 있을 녀석들. 그 아이들에게 할 수 있는 것은 바로 그 손을 잡아주는 '구조'가 아닐까.

하얀 장모에 파란 눈을 지닌 고양이 피오니가 TNR 포획틀에 포획되었다. 군데군데 엉겨 붙은 털과 새까맣게 때가 타 있는 모습은 오랫동안 길거리 생활을 했다는 나름의 증표였다. 포획틀 안에 갇혀서도 유달리 사람을 잘 따르던 녀석은 중성화 수술 전 건강 검진 결과, 놀랍게도 출산을 약 20일 앞둔 임신묘였다.

곱고 순해 보이는 인상과 사람과 스스럼없이 어울리는 성격, 입양을 갈 수 있겠다는 확신이 들었다. 무엇보다 2주 뒤 태어날 아깽이들에게 따뜻한 세상을 만날 기회를 주고 싶었다.

나와 보호소 사람들은 피오니의 출산을 돕기로 했다. 다행히 운영진 중 한 명인 카터맘 님이 산전조리를 맡아주었다.

예정된 2주가 지나 진통이 왔다. 문제는 어미 피오니가 너무 어린 나이에 임신을 해 조산기가 있었다는 것. 우리는 곧장 병원으로 이동해 제왕절개로 뱃속의 두 생명을 맞이했다. '우동이'와 '국수'는 그렇게 세상에 태어났다.

하지만 탄생의 기쁨은 오래가지 못했다. 우동이에게 구개열 증상과 함께 뒷다리와 앞다리가 하나씩 뒤틀려 있는 기형 증상이 발견되었던 것이다. 태어날 때부터 입천장이 갈라져 있는 기형을 지닌 개와 고양이는 대부분 죽음을 피할 수 없다. 길어야 2~3일. 살기 위해 빨아들인 어미의 젖이 입천장 구멍으로 들어가 폐를 오염시키고, 오염성 폐렴으로 생을 마감하기 때문이다.

천 번이고 만 번이고 손 내밀고 싶다

구개열로 태어난 새끼를 위해 병원이, 아니 인간이 해줄 수 있는 일은 아무것도 없다. 그렇다고 우동이의 아픔을 보고만 있을 수도 없었다. 단 며칠을 살다가 죽을 운명이라니… 그 말을 순순히 받아들일 수는 없었다.

엄마 피오니의 젖을 무는 것조차 힘들어하던 우동이는 방수용 밴드를 차고 겨우 분유를 넘겼다.

뒤틀린 다리 때문에 스스로 서는 것도 힘겨워하는 우동이를 위해 최선을 다해보기로 결심했다. 무엇보다 수유가 시급했다. 보호소 운영진인 엠케이 님의 제안으로 방수용 밴드를 구매했다. 우동이의 입천장을 막고 어미젖과 인공수유를 번갈아 하기 위해서였다.

다행히 아주 조금이지만 진전이 있었다. 인공수유에서 우동이가 분유를 조금씩 받아먹기 시작한 것이다. 하루 4~5번 반복되는 인공수유를 위해 엠케이 님과 카터맘 님이 주중과 주말로 나눠 고생해주었다.

같은 날 태어난 국수와 비교할 때 한없이 작고 여린 몸이었던 우동이는, 아주 더딘 속도임에도 하루하루 삶의 레이스를 이어 나갔다.

우리는 인공수유를 하면서도 한편으로는 더 나은 방법을 찾기 위해 고심했다. 그러던 중 미국의 한 동물약품 관련 사이트에서 구개열이나 장애가 있는 동물들을 위한 특수 인공수유 주사기를 발견했다. 우리는 바로 주문을 넣었다.

주사기만 오면, 주사기만 있으면 지금보다 더 건강해질 수 있다. 모두들 흥분을 감추지 못했다.

그러나 주사기가 도착한 날 아침, 우동이는 힘겨웠던 여정을 마치고 고양이 별로 돌아갔다.

눈도 뜨지 못한 채 떠나버린 우동이. 사람의 손에서 젖을 받아먹고 마사지를 받았던 우동이는 그렇게 별이 되었다. 비록 우동이는 자신을 돌봐준 사람들의 얼굴도 못 보고 떠났지만 그 손길만은 꼭 기억해주길 바란다.

도움이 필요한 세상의 모든 고양이들을 내 손으로 모두 다 구조하겠다고 자만하며 살았던 적이 있다. 구조 활동 중에 얻은 까지고 베인 상처는 영광스럽기까지 했다.

구조된 고양이들에게 며칠 밤을 새워 이온음료로 수분을 공급하고, 엄마가 아기에게 하듯 이유식을 곱게 갈아 며칠씩 급여한 후 그들이 툭툭 털고 일어나는 모습에 오만함을 가지기도 했다.

하지만 나의 의지와 상관없이 이별은 불쑥불쑥 삶에 나타났다. 그때마다 내가 해줄 수 있는 게 아무것도 없다는 사실을 깨닫는다.

우동이를 비롯해 십여 년간 많은 고양이들을 떠나보냈는데도 여전히 난 어떻게 이들을 보내야 하는지를 잘 모르겠다.

우리를 거쳐 간 수많은 냥이들. 나는 그들과 죽음이라는 슬픈 이별 대신, 입양이라는 좋은 이별만을 하고 싶다.

우리의 구조가 언제나 정답일 수는 없다. 그리고 나는 더 이상 내 손으로 세상 모든 고양이를 구조할 수 있다고 자만하지도 않는다.

내가 바라는 것이 있다면 그저 녀석들이 우리와의 만남을 통해, 바깥 세상에 비해 한없이 작고 보잘 것 없는 작은 울타리를 통해, 잠깐이라도 쉬어가고 다시 일어설 수 있는 힘과 용기를 얻기를 바랄 뿐이다. 그럴 수만 있다면 천 번이고 만 번이고 그들에게 손을 내밀고 싶다.

아가, 이리 온.

힘들었지?

이젠 괜찮아. 다 잘 될 거야.

part 2

절망을 기적으로 바꾸는 법

나의 리틀빅 히어로!
희망이들 이야기

"오케이 컷! 수고하셨습니다."

tvN 〈리틀빅 히어로〉의 촬영이 끝났다. 남몰래 선행을 실천하는 이웃을 소개한다는 취지의 프로그램을 8일 동안 촬영하면서 내 머릿속 한구석에는 이런 생각이 맴돌았다.

'난 그저 고양이가 좋아서, 길 한복판에 놓인 녀석들이 안타까워서 했을 뿐인데, 내 행동을 선행이라 할 수 있을까?'

그리고 얼마의 시간이 흘러 영상이 전파를 탔다. 화면에 비친 내 모습은 함께 출연한 아이돌 그룹 인피니트의 김명수(엘) 씨와 배우 이엘 씨에 비해 한없이 비루해 보였다.

다행히도 사람들은 '내'가 아닌 '나의 이야기'를 들어주었고, 많은 분들이 방송에서 소개된 '희망이 프로젝트'에 관심을 보이며 구조된 동물들의 안부를 물어주었다.

희망이 프로젝트는 충주의 한 농가에 묶여 있는 고양이 한 마리에서 시작되었다. 꽃샘추위가 한창이던 어느 봄날, 오랫동안 알고

tvN 〈리틀빅 히어로〉에 함께 출연해준 김명수 씨와 배우 이엘 씨. 이 프로그램 덕분에 많은 분들이 유기동물에 깊은 관심을 보여주었다.
(출처: tvN 〈리틀빅 히어로〉)

지내던 지인에게서 급한 연락을 받았다. '쥐잡이'로 고용된 고양이가 있다고, 그 고양이는 차갑게 굳은 맨땅 위에 묶여 지낸다고 했다. 그런데 며칠 전부터는 움직이지도 않고, 먹는 것도 시원찮으며, 무엇보다 가까이 다가가면 심한 악취가 난다는 것이다.

"상태가 안 좋으니 누구든 데려가쇼. 데려가지 않으면 버릴 수밖에."

주인의 무정한 말에 지인은 고양이를 데려왔다면서 이 안쓰러운 생명을 꼭 살려 달라고 부탁했다.

시골에서는 요즘도 쥐를 잡겠다는 명목으로 고양이를 마당에 묶어 기르는 일이 종종 있다. 고양이 목에 줄을 채우고 아주 작은 세상에 방치한 채 먹다 남은 밥과 물을 챙겨주는 것이다. 채 녹지 않은 딱딱한 땅에 방치되어 있을 녀석을 생각하니 정신이 번쩍 들었다.

오랜 기간 추위와 배고픔, 외로움에 떨었을 녀석의 몸은 충주의 동물병원에서는 치료할 수 없었다. 부랴부랴 서울에 있는 병원에 연락을 돌렸다. 먼 길을 올라오는 녀석을 기다리며 걱정과

초조함에 아우성치던 내 마음과 달리 세상은 아주 고요했다.

병원에 도착한 녀석의 몰골은 처참했다.

온몸에는 줄에 묶였던 흔적이 있었고, 알 수 없는 동물들에게 물린 교상 자국이 선명했다. 단 한 번도 치료를 받은 적이 없었는지 상처는 괴사되어 있었고, 그 상태를 확인하려는 조심스런 손길에도 샛노란 고름이 뿜어져 나왔다. 폐는 어떤 이유에서인지 다른 동물의 이빨이 박힌 채 괴사되어 있었다. 수술과 응급치료가 시급했다.

"지금 당장 할 수 있는 게 없을 것 같네요. 내일 아침까지 기다려보고, 다시 정밀 검사를 해봅시다."

녀석을 진찰한 의사가 말했다. 과연 녀석에게 해줄 수 있는 게 치료일까? 오히려 편안하게 보내주는 것이 더 나은 길이 아닐까? 고민을 거듭하던 중에도 참기 힘든 것은 진료실을 가득 메운 냄새였다. 그 작은 몸에서 나는 냄새라고는 믿을 수 없을 정도의 악취였다.

녀석의 빈혈 수치 역시 너무 낮아 그 흔한 수액조차 투여할 수 없었다. 그런데 다음 날 아침 그런 녀석이 만신창이 몸을 이끌고 제 앞에 놓인 물과 밥을 스스로 먹는 것이 아닌가!

희망이었다. 마치 '살고 싶다'고 온몸으로 말하는 것 같았다. 그렇게 녀석의 이름은 희망이가 되었다.

이후 희망이는 서너 번의 수혈을 거친 다음 본격적인 치료에 들어갔다. 중간에 몇 차례 혈압이 떨어지고 면역반응이 나타났지만, 녀석은 고맙게도 이 모든 고비를 잘 넘겨주었다.

문제는 희망이 앞으로 나올 진료비였다. 보호소 재정으로는 결코 감당하기 어려운 금액이었다. 보호소 식구들과 나는 공유할 수 있는 모든 SNS에 희망이를 알리기 시작했다. 희망이의 구조와 치료 과정을 공유하고, 사람들에게 도움의 손길을 얻는 일, 그것이 우리가 할 수 있는 유일한 일이었다.

일주일 뒤, 기적이 일어났다.

단 7일 동안 1,000만 원이 훌쩍 넘는 큰돈이 모금된 것이다. 치료비를 훨씬 뛰어넘는 금액이었다. 가슴이 뛰고 그저 희망이에게 고마워서 눈물이 났다. 살아줘서 고맙고, 살릴 수 있는 돈을 후원받게 해줘서 고마웠다.

한편으로는 이 돈이면 희망이는 물론 도움이 필요한 다른 동물들을 살릴 수 있겠다는 생각이 들었다. 나는 당시 보호소의 연계 병원이자 지금도 영원한 파트너인 '이리온 동물병원'의 이미경 원장님과 당장 만남을 가졌다.

"지금 모인 큰돈이 희망이 한 마리를 살리는 것으로 끝난다면 나비야사랑해 대표로서 너무 부끄러울 것 같아요."

한참 고민을 하던 원장님은 '1:1 매칭그랜트 프로젝트'를 제의했다. 1:1 매칭그랜트란, 기부금만큼 기업에서도 동일한 금액을 1:1로 매칭matching시켜주는 것으로 외국 기업과 자선단체에서 주로 하는 사회공헌활동이다.

희망이에게는 1,400만 원이 모금이 되었고, 이리온 동물병원에서 같은 금액을 입금해 총 2,800만 원의 금액으로 치료가 시급한 제2, 제3의 희망이들을 위해 쓰기로 했다. '나비야 이리온 희망이 프로젝트(이하 희망이 프로젝트)'의 시작이었다.

붕대를 둘둘 감은 채 기운 없이 누워 있는 첫 번째 희망이. 발에는 수혈을 위한 링거가 꽂혀 있다.

희망이 프로젝트는 지금까지 약 40여 마리의 희망이들과 함께 해왔다. 경남 함안에서 구조된 만신창이 믹스견 두 마리(제우스와 클래스), 오토바이를 피하지 못하고 말려들어 중상을 입은 채 도로 한복판에서 구조된 실버, 네 발이 절단된 채 발견된 치치, 5년간의 실험실 생활을 청산하고 미국으로 떠난 비글 남매들, 험한 길거리에서 허리 아래 신경이 끊어진 채 발견된 새끼 고양이 아검이….

구조된 희망이들은 대부분 골절, 출혈, 장애 등 심각한 부상을 입고 있었다. 그러나 겉으로 보이는 증상보다 더 컸던 것은 인간에 대한 두려움이었다. 아프면 아프다고, 힘들면 힘들다고, 저를

봐달라고 할 법도 한데 녀석들은 제 몸이 아픈 것보다 사람을 제일 경계했다.

수술과 회복을 거쳐 다시 만난 녀석들은 눈앞에 있는 나를, 아니 인간을 너무 무서워했다. 청소기 같은 긴 물건을 보면 소스라치게 놀라 구석에 몸을 숨기기 급급한 아이도 있었다.

도대체 무슨 일이 있었던 걸까? 그들이 보이는 행동은 그들의 상처와 상처에 아로새겨진 사연을 대변하는 것일 테다.

희망이를 찾는 일은 늘 힘들고 가슴 아프다. 무슨 일이 있었는지, 어떤 상처가 있었는지 영문도 모른 채 구조된 녀석들에게 내가 해줄 말은 이 말뿐이다.

너희는 잘못한 게 없어.
다 우리가 잘못해서 그런 거야.
무사히 와줘서 정말 고마워.

미국 입양 간 치치,
네 다리 없이도
행복할 수 있을까?

골든 리트리버 치치는 검은색 쓰레기봉투에 담겨 버려졌다.

심각한 치치의 상태를 보고, 맨 처음 치치를 발견한 분은 유기동물 시체실이 떠올랐다고 했다. 어찌 된 영문인지, 왜 버려졌는지, 알고 싶은 것들이 산더미였지만 가장 시급한 것은 순한 밤색 눈으로 나를 바라보는 치치를 살리는 일이었다.

치치는 네 다리가 각각 다른 길이로 부분 절단된 채 방치되어 있었다. 괴사가 오랜 시간에 걸쳐 진행되었기 때문에 발견했을 때는 이미 패혈증 직전 상태였다. 둘둘 말린 붕대를 제거하자 이

비닐봉지에 담긴 채 버려진 치치는 심한 상처로 병원으로 이송된 후에도 꼬리를 흔들었다.

미 되돌릴 수 없을 정도로 짓무른 상처가 드러났다. 악화를 막기 위해서는 절단이 불가피했다.

앞발 중 유독 괴사가 심했던 다리 하나가 저절로 떨어져나갔고, 며칠 후 남아 있는 세 다리를 절단하는 수술을 했다. 길고 늠름한 40킬로그램의 큰 몸을 지탱해야 할 네 다리는 기존 길이의 3분의 1가량만 남고 사라져버렸다.

악조건이라 할 만한 상황에서도 치치는 살고자 하는 의지가 강했다. 밥을 단숨에 먹어치우는 모습에 나와 의료진들은 눈시울을 붉혔다. 우리는 사지가 없는 닉 부이치치처럼 세상의 희망이 되라는 뜻에서 녀석에게 '치치'라는 이름을 붙여주었다.

문제는 그 이후였다. 평생 재활 치료가 필요한 녀석에게 국내 입양은 사실상 불가능했다. 마지막 희망은 해외입양뿐이었다. 노심초사하는 마음이 하늘에 닿았던 걸까? 머지않아 지구 반대편에서 행운의 편지가 날아왔다. 페이스북에 올린 치치의 사연을 보고, 미국 애리조나에 사는 하웰 가족이 입양을 신청한 것이다.

몸이 성치 않은 아이들이 새 가족을 만나는 일은 기적이라 불러도 모자람이 없다. 그런데 네 다리가 모두 잘린 상황에서 녀석의 모든 아픔과 슬픔을 감싸 안아줄 가족을 만나다니! 보호소 식구들은 물론 치치의 소식을 아는 모두가 눈물 흘린 순간이었다.

하웰 가족은 이미 네 마리의 실험동물과 유기견을 입양해 살고 있었고, 남편 리처드는 오래 전부터 미국의 '리트리버 세이버' 멤버로 봉사하면서 병들고 나이 많은 리트리버를 임시보호하거나 호스피스 봉사를 해왔다.

치치의 해외입양과 출국은 순식간에 이루어졌다. 2주 후 내가 애리조나에 있는 치치의 새로운 집에 도착했을 때 부인 엘리자베스는 나와 치치를 따뜻한 포옹과 눈물로 맞아주었다.

"여기까지 오느라 고생했어요. 치치를 구해줘서 고맙습니다. 이 아이가 이곳에서 오랫동안 행복할 수 있도록 제가 꼭 사랑으로 보답할게요."

그리고 얼마 후, 하웰 가족은 한국으로 돌아온 내게 치치의 소식을 SNS로 보내주었다. 미국에서 치치는 의족을 끼고 테라피 도그therapy dog(치료사 개)가 되어 무척이나 훌륭한 일을 하고 있었다. 어린 나이에 불우한 사고를 당해 손과 발이 절단된 사람, 선천적 기형을 가지고 태어난 사람, 전신 화상의 장애를 입어 또래 아이들과 다른 외형을 가진 사람 등 인간 친구들에게 희망을 전하러 다녔다. 치치의 인스타그램 팔로어 수는 6만 명으로 치솟았고, 미국에서 일명 스타견으로 불리고 있었다.

"보세요^^, 저도 이렇게 다리가 잘렸지만 지금은 매일 좋은 일을 하며 행복해요. 우리는 모두 행복해질 거예요."

SNS 동영상에서 활발하게 달려오는 치치의 모습을 볼 때마다 녀석이 마치 이렇게 말하는 것만 같았다.

치치, 미국 영웅견이 되다!

지상에서 너무 훌륭한 일을 하고 있어서일까? 하늘나라에서도 치치가 필요했는지 모르겠다.

입양되고 1년 후인 2017년, 치치는 암 선고를 받았다(리트리버의 전형적인 양상으로 리트리버에게는 암이 자주 발생한다).

다리 치료를 위해 꾸준히 병원을 다녔던 덕분에 암을 조기 발견할 수 있었지만, 활발하고 건강했던 치치의 몸속에서 암 역시 빠르고 활기차게 움직였다.

짧은 다리로 기운차게 달리는 치치와 2018년 올해의 영웅견에 선정된 모습
(출처: chichirescuedog 페이스북)

치치는 마지막까지 병원 치료를 받으면서 장애를 지닌 인간 친구들과의 만남을 게을리하지 않았다. 2018년에는 미국동물보호협회AHA가 주관하는 '히어로 도그 어워즈Hero Dog Awards'에서 올해의 영웅견hero dog으로 선정되는 영광을 얻기도 했다. 사람도 하기 힘든 일을 몸도 성치 않은 치치가 해낸 것이다.

그리고 2019년 2월 5일 새벽 5시, 사랑하는 가족들이 곁을 지키는 가운데 치치는 고통 없이 평화롭게 세상을 떠났다.

기적이란 무엇일까?

우리가 용기 내어 손을 내미는 그 순간이, 한 생명의 삶이 바뀌는 기적의 순간이 된다. 위태롭던 생명이 새 삶을 찾아 행복해지는 일은 언제나 가슴 벅찬 감동이고 기적이었다. 위기에 처한 동물들을 만날 때마다, 그들을 치료하고 회복시키는 과정에서 또 다른 기적을, 새로운 감사를 그리곤 했다.

희망이 프로젝트를 거쳐 간 많은 생명들…. 돌이켜보면 감사하게도 그들 하나하나가 모두 기적이었다. 하지만 간절히 기적을 꿈꾸는 생명들에게 현실의 벽은 여전히 높고 가혹하다.

치치처럼 행복해지기를 간절히 빌었던 강아지 티르. 왼쪽 앞

다리와 뒷다리를 잃은 티르는 아직까지 새로운 가족을 만나지 못한 채 임시보호처에서 긴 기다림을 이어가고 있다. 다리 하나가 끊어진 채 구조되어 한쪽 어깨까지 절단해야 했던 휴도 1년이 넘도록 가족을 만나지 못해 임시보호처에서 지내고 있다.

안락사의 위기에서, 굶주림과 추위에서, 산속의 공포에서, 매서운 눈빛과 잔인한 폭력에서 구조된 동물들에게는 그 후의 삶이 또 다른 현실의 벽이 될 때가 더 많다.

그런 상황에 놓인 녀석들에게 내가 할 수 있는 일은 무엇일까? 간절히 기적을 바라지만, 내가 할 수 있는 일이 더 남아 있지 않다는 것을 실감하는 순간마다 가슴 한쪽이 아려온다.

우리가 길 위의 생명에게 할 수 있는 일이 무엇일까?

거리를 헤매는 녀석들에게 손을 내미는 것?

우리의 손을 맞잡은 동물을 그 고통에서 꺼내주는 것?

아니, 냉정히 말하면 우리의 활동은 그저 시간을 버는 일에 불과하다. 내가 내민 손을 잡은 동물들은 그 후의 현실을 묵묵히 살아갈 뿐이다. 많은 것이 달라지지만, 모든 것을 변화시키지는 못한다.

그 아이들의 삶을 바꾸고 행복해질 수 있도록 만드는 기적은 녀석들을 사랑으로 지켜줄 입양 가족에게 있다. 병원을 벗어나 임시보호처에서 기적을 바라는 수많은 생명들의 기다림이 너무 길어지지 않기를 바란다.

기적은 기적처럼 오지 않아요.
기적은 당신 안에 있습니다.

묘생 역전극의 주연!
이제는
박칼린의 고양이로

추적추적 겨울비가 내리던 어느 날, 전화벨이 다급히 울렸다. 지방의 한 투견 농장에 방치되어 있는 고양이를 구해달라는 구조 요청이었다.

제보를 받고 달려간 현장, 오전에 내린 비로 촉촉이 젖은 땅 위로 열댓 마리의 개들이 녹슬고 좁은 뜬장에 갇혀 있거나, 가림막이 없는 야지에 묶여 있었다. 낯선 이의 등장을 달가워하지 않는 개들은 정신없이 짖기 시작했다. 한껏 흥분한 녀석들은 금방이라도 뛰쳐나올 듯 뜬장에 매달리거나, 묶인 목줄이 팽팽해질 정도로 공격적인 모습을 보였다.

그리고 눈으로 보고도 믿을 수 없는 광경에 나는 입을 다물지 못했다. 투견들의 성난 새하얀 입김이 닿을 정도의 거리에 작고 빈약한 뜬장이 있었고, 그 안에는 고양이 한 마리가 개들의 성화에 벌벌 떨고 있었다. 녀석은 개들이 짖거나 움직일 때마다 앙상한 몸을 더욱 말아 모았다. 한눈에도 심각하게 말라 보였고, 큰 눈에는 두려움이 가득했다.

고양이를 구조하기 위해 '주인이라는 사람'을 만나 자초지종을 물었다. 밥은 어떻게 주는지, 예방접종은 했는지, 관리라는 것을 하고 있는지 하나부터 열까지 물어볼 게 너무 많았지만, 가장 먼저 왜 저렇게 투견들 앞에 놓인 작은 뜬장 안에서 고양이가 살고 있는지부터 물었다.

'미끼'라고 했다.

싸우기 위해 이기기 위해 길러진 투견들의 공격성을 유지시키는 수단이라며, 고양이의 미세한 움직임이 개들을 자극하고,

거기에 반응한 개들이 더 흥분하기 때문이라고 했다. 그것이 갈색빛 장모종 고양이가 살아가는 목적이었고, 존재 이유였다. 오롯이 개들의 전투 본능을 일깨우는 도구로 쓰이기 위해 사는 것. 고양이는 금방이라도 달려들어 목을 비틀 것 같은 대형견들 사이에서 매 순간 죽음의 공포와 맞닥뜨리며, 하루하루 악몽을 이어가야 했다.

주인에게 고양이를 데려가고 싶다고, 이곳은 여건이 좋지 않으니 더 좋은 곳으로 보내달라고 부탁했다. 묵묵부답이었다. 하지만 나에게는 오히려 익숙한 상황이었다. 그래서일까? 더 힘이 나서 나는 다음 날부터 매일 출근 도장을 찍으며 고양이를 돌봤다.

동물학대 행위가 확인되더라도 현행법상 동물을 구조하는 데

뜬장 속에 갇혀 투견들의 공격성을 자극하는 수단으로 이용되었던 심바

는 한계가 있다. 예를 들어, 투견 행위의 경우 현행법상 불법도박 혐의가 적용되며, 도박 등의 목적으로 동물에게 상해를 입혔다면 동물보호법 위반으로 '2년 이하의 징역 또는 2,000만 원 이하의 벌금'에 처해진다.

문제는 투견에 대한 소유권은 여전히 견주에게 있다는 것이다. 지자체는 학대받은 동물을 3일 이상 보호할 수는 있지만 견주가 소유권을 포기하지 않으면 이후 다시 돌려줘야 한다. 이런 이유로 구조된 개들이 다시 주인에게 돌아가는 경우가 부지기수다.

법의 도움을 얻기 힘든 현실에서는 버티는 사람이 이긴다는 식으로 달려드는 수밖에 없다. 탐탁지 않아 하는 주인에게 때로는 윽박지르고, 때로는 간절히 부탁하며 설득에 나섰다. 하루 이틀 시간이 흐르고, 혼자 왔다가는 날들이 쌓여갈수록 돌아가는 발걸음이 그렇게 무거울 수 없었다.

그렇게 5일차, 드디어 주인이 포기 각서를 써주었다. 함께 서울로 올라오는 차 안에서 춥고 무서운 투견장을 벗어나 진짜 세상에 발을 내디딘 고양이에게 더없이 튼튼하게 살아 달라는 바람으로 '심바'라는 이름을 지어주었다.

심바는 긴 갈색 털을 지닌 무척 예쁜 고양이였다. 외양이 예쁘고 성격도 좋아 병원 사람들의 사랑을 한 몸에 받았다.

하지만 퇴원 후가 걱정이었다. 입양을 위해서는 보호소로 데리고 와야 하는데 심바의 큰 몸집과 긴 털이 오히려 걸림돌이었다. 고양이들을 합사시킬 때는 병의 유무를 확인한 후에 종이 다를 경우 상당 시간 격리를 해야 한다. 특히 외관상 긴 털을 지닌 품종묘는 단모종에게 외형 자체만으로도 큰 위협을 줄 수 있다.

그런 문제로 고민하고 있을 때였다. 병원 원장님에게서 뮤지컬 감독 박칼린 씨가 입양할 고양이를 찾고 있다는 소식을 들은 것이다. 장모종이면 더 좋겠다는 소식을 접한 순간 딱 심바라고 생각했다. 바로 전화 상담을 한 후 입양신청서를 보냈다.

다음날 정성스런 답변으로 가득한 신청서가 도착했고, 그 주 주말 이른 아침에 박칼린 감독은 빈 케이지를 들고 심바를 데리러 왔다. 희한한 건 심바 역시 기다렸다는 듯 아무 주저함 없이 따라 나섰다는 것이다.

박칼린 감독이 전부터 키우는 루우, 쿠쿠와 함께 식빵자세를 하는 심바. 그리고 박칼린 감독의 품에 안겨서 왠지 심기 불편한 표정을 짓고 있는 녀석의 모습

며칠 후 박칼린 감독에게서 사진 한 장을 받았다. 정원에서 뛰노는 새들을 심바가 지켜보는 사진이었다. 투견들의 공격성을 키우기 위해 길고 예쁜 털을 휘날려 화를 돋워야 했던 심바는 이제는 그 긴 털을 바람에 날리며 여유를 찾고 있었다. 위협과 공포로 가득했던 죽음의 세상에서 벗어나, 웃음과 사랑이 충만한 따스한 세상으로의 전입을 알리는 순간이었다.

"어머? 우리 애 천재인가봐요!"

박칼린 감독의 말에 따르면 요즘 심바는 매일 아침 식구들과 함께 산책을 나선다고 한다. 맑은 공기를 마시며 마당을 무대 삼아 이리저리 뛰어노는데, 고양이 세 마리(박칼린 감독은 심바를 입양하기 전에 루우와 쿠쿠 두 마리 고양이를 키우고 있었다)가 함께 노니는 모습을 보고 있으면 마치 한편의 희극 공연을 보는 것 같다며, 매일 새로운 공연을 보여주는 녀석들의 창의력과 재능에 찬사를 보낸다고 한다. 역시 뮤지컬 연출가의 자제들인가 보다.

"사실 심바를 처음 집에 데려왔을 때는 기대보다 걱정이 더 많았어요. 새로운 환경에 적응하는 것도 문제이지만 당시 집에는 어린 태비 고양이 루우가 있던 상황이라, 심바와 루우가 싸움 없이 잘 지낼지 고민이었죠."

그러나 심바는 남다른 적응력을 보여주었다. 첫날에 하악거리며 경계하는 루우의 불안함을 아는지 모르는지 그 곁을 슥 지나 가장 따뜻한 곳에 누워 낮잠을 자는 포용력(?)을 발휘하더니, 이내 거실 한복판에서 사람처럼 등을 바닥에 대고 대자로 누워 잠을 자는 특이 취향마저 공개했다.

자유롭게 마당을 뛰어놀다가도 동네 개들이 근처에 접근한다

싶으면 쏜살같이 나서서 이방인을 몰아내는데 그 모습이 마치 국경을 지키는 군인 같다고 한다. 가족과 친구들을 지키는 게 자기의 일인 양 적을 압도하는 카리스마로 그 어떤 개들의 출입도 허락하지 않는다는 것이다.

잠잘 때는 이름만 부르면 쪼르르 달려와 팔 사이로 파고들어 잠든다고 하니, 마음 씀씀이며 애교며 어느 하나 빠지지 않는 팔방미인이라며, 심바와 만난 것이 자신에게는 정말 큰 행운이라고 박칼린 감독은 말한다.

아직도 우리 주위에는 너무나도 많은 심바들이 있다.
내가 이 아이들을 위해 할 수 있는 일들은 무엇이 있을까?
밝은 세상을 보여주기 위해
세상의 따뜻함을 알려주기 위해
두렵고, 무서워하며, 굶주리고 있을 녀석들이
남은 힘을 쥐어짜 간신히 내민 손을 덥석 잡아 안아주는 것이
비로소 새로운 세상을 만드는 시작이 아닐까?

비글이 동물실험에 이용되는 이유

동물실험에 이용되는 견종의 96%는 비글이다. 성격이 온순하고, 순종적이며, 인내심이 강하기 때문이다. 농림축산검역본부에 따르면 2014년 한국에서 동물실험으로 폐사하거나 안락사된 비글의 수는 8,000마리에 달한다. 하지만 실험 결과가 일치하는 경우는 겨우 5~25%에 불과하고, 매년 10만 6,000마리의 동물이 실험으로 죽어가고 있다.

유기견 구조단체 '동물과 함께 행복한 세상(이하 동행)'에서 한 통의 전화가 왔다. 한 제약회사의 실험동물로 있던 비글 열 마리를 희망이 프로젝트로 구조해줄 수 있느냐는 문의였다.

지금까지 다리와 척추에 문제가 있었던 유기견 서너 마리를 희망이로 치료했지만, 희망이 프로젝트의 대상은 대부분 고양이였다. 더군다나 열 마리라니, 걱정이 되지 않는 건 아니었지만 그들에게 새 삶을 주는 일이었다. 마다할 수 없었다.

모 제약회사에서 임상실험을 받아온 열 마리의 비글. 대부분의 실험동물은 5~10년간 실험을 받다가 폐기처분이 된다. 하지만 이 제약회사에서는 어렵게 동물복지윤리위원회에 연락을 했고, 폐기처분 대신 새 삶을 찾아주었으면 좋겠다고 제안을 했다.

우리는 비글 열 마리를 17번째 희망이로 정했다. 나비야사랑해에서는 실험동물을 구조하는 일이 처음이었기 때문에 우리는 내내 긴장으로 뻣뻣해져 있었다.

드디어 구조의 날, 모두가 흰 가운과 신발을 착용하고 멸균상태의 길고 긴 복도를 지나가자 개들이 짖기 시작했다. 같은 자리를 뱅글뱅글 맴돌거나, 고개를 바닥에 처박고 벌벌 떨었다. 그들은 각각 저만의 형태로 공포와 긴장을 고스란히 드러냈다. 각오한 바였지만 직접 보니 할 말을 잃었다.

비글 한 마리가 앉고 서면 딱 맞는 크기. 그 작은 상자 하나하나가 그들이 가진 세상 전부였다. 철장을 열어주었는데도 녀석들은 움직이지 않았다. 오히려 영문을 모르겠다는 표정이었다. 그 순간 깨달았다. 철장 밖으로 나간 적이 없으니 세상으로 나가는 법을 모른다는 것을….

약 세 시간에 걸쳐 비글 모두가 차디찬 철판이 아닌 초록빛의 따뜻하고 부드러운 풀밭에 발을 디딜 수 있었다. 녀석들에게는 태어나 처음 겪는 일이었다. 어떤 아이는 그 자리에서 대소변을 누고 그냥 주저앉았다. 마치 어린아이가 앉은 자리에서 볼일을 보고 엄마한테 혼날지도 몰라 울먹이는 것 같았다.

"너희들에게 고통만 주었는데 어떻게 반항 한 번 안 하니?"

너무 온순한 탓에 태어나기 전부터 실험용으로 선택된 이 아이들이 안타까웠다. 그런 녀석들을 실험실에서처럼 숫자로 부를 수는 없었다. 우리는 열 마리 비글에게 산 이름을 붙여주었다. 가야, 유달, 달마, 금강, 설악, 한라, 까치, 태백, 소백 그리고 주왕이. 산처럼 튼튼하게 살아갔으면 좋겠다는 마음으로….

연계 병원인 이리온 동물병원으로 옮겨 한 마리 한 마리 따뜻한 물로 목욕을 시킨 후에는 기본 검진을 시작했다. 오랜 시간 사람 대신 약을 먹고 아팠던 탓일까? 녀석들의 몸에서 크고 작은 병이 발견되었다.

그러나 그보다 더 큰 문제는 언제나 그렇듯 정신적인 문제였다. '이 아이들이 세상 밖에서 살 수 있을까?' 단 한 번도 세상 밖에서 살아보지 않는 아이들이었다. 과연 버틸 수 있을까? 내 마음은 무겁게 내려앉았다.

나비야사랑해, 이리온 동물병원, 동행이 함께 진행한 비글 10남매의 가족 찾기 희망이 프로젝트

"비글 다섯 마리의 비행기 표를 보냅니다"

희소식은 바다 건너에서 왔다.

페이스북에 비글 10남매에 대한 사연을 올리자 미국의 실험동물 구조단체에서 연락이 온 것이다. 이 단체는 오래 전부터 실험동물 구조에 앞장서 왔고 여러 나라에서 실험이 끝난 동물을 구조한 후 입양을 보내는 활동을 해왔다.

"먼저 한국에서 실험동물을 구조해주어서 감사의 인사를 드립니다. 미국에서도 입양을 돕고 싶습니다. 비글 다섯 마리의 비행기 표를 보냅니다."

울컥 하고 가슴에서 뜨거운 무언가가 올라왔다. 그 티켓은 단순히 다섯 장의 비행기 표가 아니었다. 비글 다섯 마리가 더 이상 '임상'이 아닌 '삶'으로 나아갈 수 있다는 것을 뜻하는 티켓이었다.

미국으로 가는 다섯 마리(가야, 달마, 설악, 유달, 주왕)의 입양 절차는 신속하게 처리되었다. 약 두 달간 병원에서 치료를 했기에 나는 곧 다섯 마리의 비글들과 LA로 떠날 수 있었다.

LA의 하늘은 한국의 하늘보다 더 높고 새파랬다. 비글 구조단체는 우리를 환영의 인사로 맞이했다. 아이들이 케이지에서 구조단체 대표의 집 앞 잔디밭으로 하나둘 빠져나오기를 몇 시간, 사람들은 그 아이들이 세상으로 나오는 그 길고 더딘 시간을 충분히 기다려주었다. 그리고 비글 5남매는 입양자들의 품에 안겨 한 마리 한 마리 자리를 떠났다.

몇 시간에 걸쳐 이뤄진 일이지만, 나로서는 이별의 시간이 턱없이 짧았다. 떠나는 그 모습이 그렇게 눈물 날 수 없었다. 하지만 녀석들이 새로운 가족의 사랑을 받으며 시작하는 삶은 오랫동안 지속될 것이다. 나는 그렇게 스스로를 위안했다.

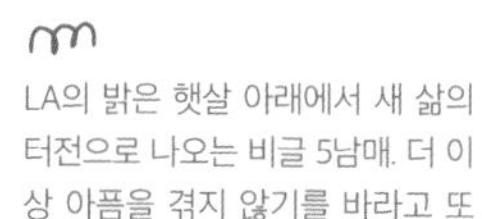

LA의 밝은 햇살 아래에서 새 삶의 터전으로 나오는 비글 5남매. 더 이상 아픔을 겪지 않기를 바라고 또 바란다.

다섯 마리가 미국으로 떠나고 한국에 남은 다섯 마리(금강, 한라. 소백, 태백, 까치)는 국내에서 입양 절차를 밟았다. 하지만 작은 철장에서 태어나 5년간 주사바늘과 약에 시달렸던 이들에게 평범한 삶은 무리였던 걸까? 두 마리는 입양자 분들의 끊임없는 인내와 노력으로 지금도 잘 살고 있지만, 세 마리는 결국 파양되었고 다시 미국의 비글 구조단체로 가서 새 삶을 찾고 있다.

태어나면서부터 인간을 위해 희생된 아이들.

고통만 줬지만 아이들에게 인간에 대한 원망은 없었다.

이제는 우리가 그 빚을 갚아주어야 한다.

오늘도
유기동물
홈페이지에는…

인간은 항상 같은 실수를 반복한다. '보지 말아야지' 하면서도 또 보고야 말았다.

갓 태어난 새끼부터 황혼기에 접어든 노령묘까지 외모만큼이나 다양한 녀석들의 사연이 오늘도 유기동물 공고 홈페이지를 가득 메웠다. 이 리스트에 오른 동물들이 모두 행복해지기를 진심으로 기원하지만, 그것이 불가능한 소망임을 나는 너무나 잘 알고 있다.

녀석들 중 대부분은 그저 각자의 삶을 조금 연장할 기회를 얻은 것에 불과하니까. 단지 사진 한 장과 간단한 정보를 담보로 짧게는 10일, 길게는 한 달 정도의 시한부 삶을 살다 갈 수밖에 없다는 현실에 체증에 걸린 듯 가슴속이 꽉 막혀온다.

안락사란 말 그대로 극심한 고통을 겪고 있는 동물들에 한해 고통이 적은 방법으로 편히 떠나보내는 행위를 뜻한다. 하지만 그렇지 않은 안락사도 있다. 국내 지자체 보호소는 유기동물을 일정 기간 보호한 후 동물을 입양처로 보내는 것을 목적으로 하지만, 한정된 예산과 부족한 시설 안에서 유입되는 유기동물의 수에 비해 입양되는 동물의 수는 턱없이 부족하다. 참 슬픈 현실이지만, 이 때문에 대부분의 동물이 안락사가 되고 있다.

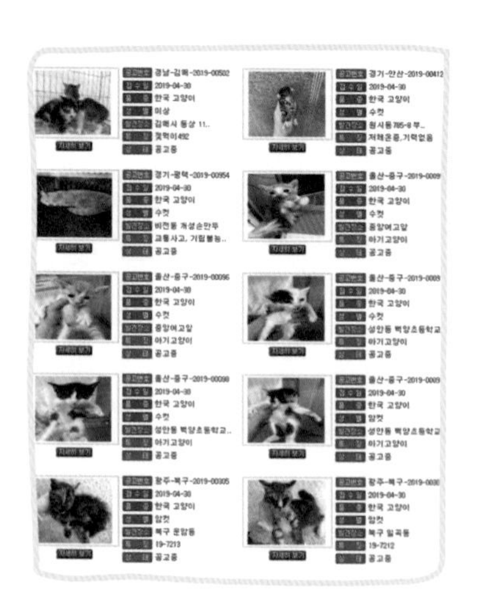

오늘도 유기 및 분실된 고양이들로 도배된 동물보호관리시스템 홈페이지
(출처: 동물보호관리시스템)

삼식이도 그런 운명이었다.

몇 년 전 보호소 운영진 알곤 님이 가슴 아픈 사연을 듣고 구조한 고양이 알곤이와 닮지 않았더라면 아마도 소리 없이 스러질 생명 중에 하나였으리라.

삼식이는 독특한 외모의 품종묘였다. 게다가 목걸이가 있는 채로 발견되었기 때문에 곧 주인이 나타날 것이라고 생각했다. 수염이 끊겨 있었고, 흰 털이 꼬질꼬질한 채 뒤엉켜 있었지만 한 눈에 봐도 '분명 주인이 곧 찾아가거나 아니면 누구라도 꼭 데려갈 거야'라고 할 만한 외양이었다. 그렇게 생각하며 나는 애써 녀석의 사진을 모른 척했다. 일부러 생각을 지우기 위해 이런저런 일을 벌이며 바쁘게 지내기도 했다.

유기동물이 되면…

현행법에서는 구조된 유기동물에 대해 시·도지사와 시장·군수·구청장이 농림축산식품부의 동물보호관리시스템에 등록해 보호 사실을 7일 이상 공고한다. 기존에는 개시일로부터 10일이 지난 후 유기동물의 소유자를 알 수 없거나 분양 또는 기증이 안 되는 경우, 지자체가 소유권을 취득해 인도적 처리를 하도록 규정했다.
하지만 2018년부터 개시 기간이 20일로 늘어났다. 10일 동안은 유예 기간을 두어 주인을 기다리고, 그 이후부터는 유기로 확정되어 보호소에서 소유권을 갖는다. 나머지 열흘간 입양 기간을 두고, 그 이후 공식 안락사 대상이 된다.

그러나 그 모든 노력은 곧 물거품이 되었다. 공고 마지막 날에도 철장에 갇힌 채 멍하니 정면을 응시하던 삼식이의 사진이 사라지지 않은 것이다.

255일의 투병 생활, 그럼에도 희망은 있다

삼식이를 데리고 온 첫날, 품에 안아든 녀석은 성묘라 할 수 없을 정도로 말랐고 사진으로는 결코 알 수 없었던 엄청난 악취를 동반했다. 엉켜서 갑옷처럼 달라붙은 털은 덤이었다. 그것만으로도 녀석이 헤치고 왔을 그동안의 세월을 고스란히 느낄 수 있었다.

협력 병원에서 기본 검사를 하는 동안, 삼식이는 병원이 낯설지 않은 듯 편안히 누워 골골송을 들려주는 여유도 보였다. 하지만 많은 유기묘들이 그렇듯 몸 상태는 좋지 않았다. 미용은 언감생심, 임시방편으로 시작한 빗질은 아무 도움이 되지 못했다. 딱딱하게 굳은 눈곱만 젖은 솜으로 한참을 불린 뒤에야 떼어낼 수 있었다.

심하게 엉켜 있는 털이라도 정리해주려고 삼식이 엉덩이에 손을 댔을 때였다. 순간 순하던 녀석이 돌연 내 손을 물었다. 갑작스럽게 벌어진 일이었다. 삼식이의 이빨이 내 손에 깊이 박혔다. 많은 양의 피가 쏟아지고, 엄청난 고통이 밀려왔다. 하지만 내가 여기서 손을 빼면 삼식이가 더 놀랄 수 있다는 생각에 손을 뺄 수 없었다. 그 후 나는 한동안 통 깁스를 해야 했다.

'어디서, 어떻게, 그리고 무슨 일을 당한 거니….'

나는 곧장 병원으로 달려갔다. 엑스레이에 찍힌 선명한 골절 자국. 삼식이의 대퇴골이 무려 세 군데나 부러져 있었다. 골절 부분을 치료하기 위한 수술과 재활에는 긴 시간이 필요했다. 두 번의 큰 수술과 재활. 삼식이가 넘어야 할 산이 너무 많았지만, 다행히 마음씨 고운 임시보호자가 이 모든 과정을 함께 해주었다. 그렇게 삼식이는 어둡고 긴 통로를 걸어갈 수 있었다.

이후로도 고난은 이어졌다. 오른쪽 눈에는 궤양이, 왼쪽 눈에는 초기 백내장 증상이 발견되었다. 각막 괴사 제거 수술과 2주의 입원, 또 두 달의 통원 치료, 그 중간중간에 해야 하는 검사들까지… 삼식이는 병원에서 살다시피 했다. 심지어 어느 정도 차도가 보일 무렵에는 피부 병변이 발견되며 지겨운 병원 신세를 또 지어야만 했다.

우리는 삼식이의 안타까운 사연을 SNS에 공개했다. 255일이라는 긴 투병 시간을 견뎌준 삼식이가 대견하기도 했지만, 무엇보다 녀석에게 새로운 삶을 마련해주고 싶어서였다.

원체 몸이 약해서 병이 재발할 가능성이 높고, 재발하면 안구를 적출해야 하기 때문에 입양 가능성은 낮았다. 그럼에도 희망을 찾고 싶었다.

긴 기다림 끝에 배우 이엘의 고양이 '탱고'로

그리고 며칠 후 우리 앞에 천사가 나타났다. 외모만큼이나 아름다운 마음씨의 소유자인 배우 이엘 씨였다. 그녀는 그동안 삼식이의 치료 과정을 묵묵히 지켜봐왔는데, 안타까운 사연을 접한 후에는 더욱 가족이 되길 원한다고 했다.

삼식이에서 배우 이엘의 '탱고'가 되었다. 255일이라는 긴 투병생활 끝에 반려를 만난 것처럼 다른 고양이들에게도 그런 앞날이 펼쳐질 수 있기를….
(출처: tvN 〈리틀빅 히어로〉)

삼식이는 그렇게 우리 곁을 떠났다. 이엘 씨에게 새로운 묘생을 점지 받아 한 식구가 되었고 '탱고'라는 멋진 이름도 얻었다. 아늑한 집과 따뜻한 반려인을 만나 마음의 안정을 찾은 덕분인지 녀석은 빠른 속도로 건강을 되찾았고, 무척이나 사랑스러운 자태를 뽐내며 지내고 있다.

지금도 우리 보호소에는 안락사 비용이라며 일정 금액의 돈과 함께 버려진 녀석들, 펫숍에서 돈을 주고 샀을 법한 품종묘들, 한때는 누군가의 사랑스러운 가족이었을 녀석들, 이곳이 아니면 거리로 내몰려 시보호소로 또 차디찬 치료실로 몰려 안락사될 아이들까지… 약 120여 마리의 고양이들이 간절히 입양을 기다리고 있다.

나비야사랑해에서는 지금까지 단 한 마리의 고양이도 안락사를 한 적이 없다. 내가 만난 어떤 고양이도 그렇게 할 수 없었다.

그렇다고 내가 안락사 자체를 반대하는 것은 아니다. 동물들이 너무 큰 아픔을 호소한다면, 그리고 병원에서 더 이상 치료가 불가능하다고 판단한다면 편안히 보내주는 것이 인간으로서, 가족으로서의 도리라고 생각한다.

그러나 이런 이유를 제외하고는, 나는 지금까지 그래왔듯이 다른 이유로 안락사를 할 이유도 마음도 없다. 아픈 아이들은 늘 넘쳐난다. 하지만 난 그들에게서 '죽고 싶다, 그러니 보내달라'는 부탁을 들은 적이 없기 때문이다.

"동물을 사랑하지 않으면
사람도 사랑할 수 없지 않을까요?"
– tvN 〈리틀빅 히어로〉 中 배우 이엘의 인터뷰에서

남산이에게 잘생긴 얼굴을 찾아주세요

크고 작은 고양이 학대 사건들이 이어지고 있다.

온몸에 화상을 입은 길고양이가 있는가 하면, 무슨 이유인지 몰라도 몸의 상당 부분이 심하게 벗겨진 길고양이들이 발견되기도 한다. 심지어 가해자가 고양이를 학대하는 영상을 찍어 본인의 SNS에 자랑하듯 올리는 일도 있는 현실이다.

미국 연방수사국FBI에서는 동물학대를 살인 사건에 견줄 만큼 주요 범죄로 간주하고 있다. 동물학대가 인간을 향한 범죄로 이어진다는 연구 결과도 있다. 노스이스턴대학교 논문에 따르면 동물을 학대한 70%의 사람들은 하나 이상의 다른 범죄를 저질렀으며, 그중 40%는 실제로 폭력 범죄를 저지른 적이 있다고 밝혔다(출처: YTN 생각연구소).

하지만 우리나라는 동물학대에 대한 변변한 법안조차 통과되지 않고 있는 상황이다. 수많은 생명이 세상에 태어나는 동안 세상 반대편 어디에선가는 이유 없이, 잘못 없이, 고통 속에서 죽어가는 생명들이 존재한다.

서울 남산 인근에서 활동하는 캣맘에게서 연락이 왔다. 밥을 먹으러 오는 길고양이의 얼굴이 이상하다는 것이다.

사진으로 봐서는 유난히 얼굴이 알록달록한 삼색 고양이였고, 행동에서 별다른 이상을 찾을 수 없었다. 밥도 꽤 잘 먹었고, 눈과 코 주위가 지저분해 보이는 정도의 상처가 눈에 띌 뿐이었다. 아니, 상처라기보다는 점박이 얼굴에 박힌 점처럼 보였다.

"일단 포획한 후에 병원에서 소독이라도 해주는 게 어떨까요?"

구조를 요청한 캣맘은 내 제안에 따라 곧 삼색 고양이를 포획해 인근 병원으로 향했다. 하지만 병원에 도착해 살펴본 삼색 고양이의 얼굴은 지저분한 것도, 간단한 소독으로 끝날 수 있는 상처도 아니었다.

코뼈가 녹아내려 코의 형태 자체를 알아볼 수 없었고, 얼굴 상당 부분에 피부 괴사가 진행되어 있었다. 계속된 고통 때문인지 녀석은 성격이 매우 날카로웠고 수의사의 손길도 허락하지 않았다. 수의사는 급하게나마 육안으로 삼색 고양이의 상태를 살펴본 후 얼굴을 중심으로 퍼진 것을 종양으로 의심했고, 안락사를 권유했다.

그에 놀란 캣맘은 다급하게 우리 보호소의 문을 다시 두드렸다. 얼굴을 잃어버린 삼색 고양이는 그렇게 우리 쪽 연계 병원으로 옮겨졌다.

병원에서 직접 마주한 삼색 고양이의 얼굴은 너무나 참혹했다. 코가 있어야 할 자리에 붉은 살이 드러나 있었고, 녹아내린 코뼈 안쪽으로 상처까지 있어서 그간 녀석이 겪었을 고통이 어마어마했을 것이었다. 그래도 살겠다고, 밥자리 경계를 늦추지 않고 찾아온 녀석의 아픔을 그제야 느낄 수 있었다.

병원에서 응급 치료 후 휴식 중인 남산이. 오랜 길거리 생활을 한 탓에 곁을 주지 않아 치료에도 애를 먹었다.

"내가 보고 싶은 것만 봤구나. 너무 대수롭지 않게 봤구나. 미안해. 그리고 이제는 이곳에 왔으니 괜찮아."

삼색 고양이의 이름은 구조된 지역명을 따서 '남산이'가 되었다. 그리고 희망이 프로젝트의 33번째 주인공이 되었다.

남산이는 지금 세상에서 제일 아름다운 얼굴로 태어나기 위해 준비 중이다. 타박상에 따른 두개골 손상 등이 우려되어 CT를 촬영한 후에, 제대로 숨 쉴 수 있도록 인공 코뼈를 이식해 비강 경로를 만들 계획이다. 또 주변 피부를 이용해 괴사된 피부를 복구하기로 했다. 분명 쉽지 않을 이 모든 치료 과정을 남산이가 잘 이겨내길 바랄 뿐이다.

처참한 상태에 빠진 동물을 구조하고 치료한 후에 마지막 단계는 '책임감'이라는 입양 절차가 남아 있다. 동물을 구조하는 일도, 구조한 동물을 치료하는 일도 쉽지 않다고 말하지만, 나는 그보다 더 어렵고 중요한 일은 따로 있다고 생각한다. 건강을 되찾은 고양이를 어떻게 해야 하는가의 문제다.

그런 면에서 남산이는 복이 많은 고양이었다.

구조 요청을 한 캣맘이 남산이를 입양하기로 결정한 것이다. 남산이는 아직 세상에, 사람들에게 마음을 다 열어주지는 못했다. 하지만 구조자와 남산이는 서로 노력해보기로 했다.

오랜 시간이 걸려도 좋아.
우리 함께 끝까지 노력해보자.

입양자의 집에서 뒹굴거리는 남산이. 새로 콧구멍을 만들어놓은 곳에 코딱지가 생기면 떼어주고 있다고 한다.

모란시장에서
만난
16마리 고양이

"며칠째 보이지 않아 걱정이에요. 사고를 당해 시체라도 보인다면 묻어줄 텐데, 대체 어디서 뭘 하고 있는 건지…."

복더위가 시작되는 2007년의 어느 여름이었다. 봉사자 중 한 분이 자신이 TNR을 해주고 평소 밥을 챙겨주던 고양이 삼순이가 어느 날부턴가 보이지 않는다며 걱정을 털어놓았다.

나와 동료들은 성남의 모란시장을 찾아갔다. 길고양이를 몰래 포획해서 불법 유통한다는 소식을 들었기 때문이다. 또한 당시 시사 방송 프로그램과 고양이 커뮤니티를 통해서 TNR을 실행한 귀 커팅이 된 고양이들이 성남 모란시장의 건강원에서 팔리고 있는 정황이 적발되기도 했다.

모란시장에 도착하자 빽빽이 줄지어 있는 철장 속에 개들이 묶여 있었고, 한쪽 구석에 제법 큰 고양이들은 노끈에 묶여 있었으며 어린 고양이들은 작은 상자에 담겨 있었다.

개고기를 판매하는 곳에서 고양이들을 일명 '나비탕'이라고 부르며 보신용으로 판매하고 있었다. 세상에 지옥이 있다면 여기가 바로 그 지옥 같았다.

매해 여름이면 사람들 사이에서는 이른바 '보신' 이야기가 한창이다. 건강을 생각해 부족한 영양을 보충하는 것은 보편적인 식문화이지만, 우리나라의 보신탕 풍조는 마땅히 개선되어야 할 필요가 있다. 폭력과 학대로 얼룩진 도륙 행위임은 물론이고, 이제는 보신의 의미와 일맥상통하지도 않는다.

자신들이 보신을 위해 먹는 대상이 수많은 세균과 바이러스에 방치된 채 죽어가고 있는 작은 생명임을 그들은 알까? 오염된 도심 속에서만 살아가는 길고양이들. 쓰레기를 뒤지는 길고양이를 더럽다 혐오하면서 이내 죽여서는 자신을 건강하게 해줄 보신 음식이라 고집하는 것은 지독히도 어리석은 모순이고 비극이다.

시장통을 헤맸지만 우리는 귀가 커팅된 삼순이를 찾을 수 없었다. 대신 건강원 앞 종이박스에 담겨 있던 새끼 고양이 12마리와 성묘 4마리를 23만 원의 돈을 주고 구조했다.

나는 가려진 천막들 사이로 짖어대는 개들을 보지 않으려고 안간힘을 써야 했다. 자칫 눈이라도 마주친다면, 몇날 며칠을 뜬장 속에 갇혀 지내다가 고통 속에서 생을 마감할 그들에 대한 미안함과 나 자신에 대한 분노 때문에 잠 못 이룰 것을 잘 알고 있었기 때문이다.

건강원 앞 종이박스에 담겨 일명 나비탕을 위한 재료로 팔리고 있는 고양이들

병원에 도착한 16마리 고양이들의 상태는 심각했다.

장염을 동반한 설사는 기본이었고, 그중 12마리의 새끼 고양이들은 곰팡이 균과 허피스 바이러스 등에 감염된 상태였다. 작고 힘없는 새끼 고양이들은 본격적인 치료 전에 피 검사를 하고 병원에서의 첫 끼니를 먹은 후에 영영 깨어나지 못했다. 한 달 후 병원에서 치료를 마치고 보호소로 온 모란시장 식구들은 고작 네 마리의 성묘들뿐이었다.

그들은 어떻게 모란시장의 작은 상자 속에 갇히게 되었을까? 이런 질문을 던질 필요가 없을 정도로 네 마리 형형색색의 고양이들은 무척 착하고 순했다.

'너무 착해서, 너무 순해서, 거기에 잡혀 갔겠구나….'

잘못된 민간요법 때문에, 돈이 된다면 생명까지 잔인한 방법으로 죽이는 인간의 탐욕 때문에 희생되는 고양이들이 더 이상 나오지 않기를 바란다.

동물들이 두려움에 떨지 않는

세상을 위해

우리는 더 노력할 것이다.

성남 모란시장에는…

모란시장은 전국 최대 규모로 개고기와 보신탕을 파는 시장으로 유명했다. 2018년 12월, 동물단체들과 성남시의 지속적인 노력으로 개 도축시장은 문을 닫았다. 하지만 여전히 개를 식용으로 판매하고 있고, 고양이는 사람의 관절에 좋다는 이유로 비밀리에 사육되어 은밀히 도살되고 있다. 지방으로 내려갈수록 개와 고양이를 도축해서 공개적으로 판매하고 있는 실정이다.

모든 생명이 존중받아 마땅하다는 생각이 제도와 사회를 조금씩이라도 바꿀 수 있다고 믿는다.

기적은
기적처럼
오지 않습니다

전국에 봄비가 추적이던 월요일 낮, 나는 서울 강남구 수서역 인근 마천루로 향했다. 아직 개발의 손길이 미치지 못한 언덕 끝자락에서 고양이 두 마리와 개 아홉 마리가 학대를 받고 있다는 제보였다.

수서역에서 그리 멀지 않은 곳이었는데, 수서역 일대가 빌딩숲을 이루고 있는 것과는 정반대였다. 포장도 되지 않은 언덕길에 개발의 손길이 전혀 미치지 않고 있었다.

비포장길을 따라 후미진 곳으로 들어가자, 패널을 세워 얼기

설기 막아놓은 어설픈 가림막 사이로 몇 마리의 개가 나무마다 하나둘 묶여 있었다. 개들 사이에 고양이 두 마리도 묶여 있었다. 제보 내용은 이 고양이들을 구조해달라는 것이었다.

개와 고양이들은 비조차 제대로 피할 수 없는 열악한 환경에 노출되어 있었다. 인근 주민들은 이곳의 개와 고양이들이 불법으로 키워진 후에 음식점 등으로 팔려가는 것 같다고 했다. 동물들이 묶인 주변은 위생 상태가 심각했고, 인근 새 건물에 입주한 주민들에게서 많은 민원을 받고 있다는 말도 보탰다.

속상함을 뒤로한 채 개와 고양이들의 주인이라고 주장하는 사람과 현장에서 만났다. 대낮인데도 술 냄새가 지독했다. 주인이라는 이는 끝까지 자신이 잘 키우고 있다고 주장했다. 앞으로도 계속 키울 생각이라고도 했다. 대화가 되지 않았다.

오후 내내 설득을 이어갔고, 결국 두 마리의 고양이를 간신히 구조할 수 있었다. 한 마리는 큰 이상이 없어 보였지만 다른 한 마리는 만삭이었다. 험한 환경 속에 체력은 바닥났고, 비위생적인 환경 탓에 만삭인 삼색 고양이의 건강을 담보할 수 없는 상황이었다.

더 큰 문제는 주인이 끝까지 포기하지 않은 개들의 향후 상황이었다. 방치 속에 하루하루를 견디다 식용견으로 팔릴 게 뻔했다. 현장에 남은 개 아홉 마리를 보며, 고양이 두 마리만 데리고 갈 수밖에 없는 현실에 발길이 떨어지지 않았다.

꼬리를 치며 다가오려는 개들 중에는 녹내장이 있는지 안압으로 두 눈이 튀어나온 녀석이 있었는데 냄새로 주의를 확인하는 모습을 봤을 때 실명이 의심되었다.

그곳에서 내가 할 수 있는 일이라고는 나의 무력함을 탓하며 한동안 주저앉아 우는 일뿐이었다.

굶주림에 지쳐 비에 젖은 사료라도 먹으려는 고양이의 모습이 안타깝다. 심지어 이 삼색 고양이는 만삭이었다.

그럼에도 구조는 계속된다

폭풍 같은 하루가 지나고 이튿날, 나는 개식용 반대운동을 하는 한 단체에 관련 내용을 전했다. 우리 쪽보다는 식용 개 불법 사육을 전문으로 담당하는 단체가 해당 문제를 해결하도록 돕는 게 현실적으로 낫다고 판단했다.

그러나 몇몇 개 구조 단체에 구조 및 민원 의뢰를 넣었지만, 개인 사유지라는 이유로 해결되지 않았다. 어쩔 수 없이 제보자에게 주변 아파트 거주자들을 통해서 민원을 넣어달라고 부탁했다.

"한밤중에 개 짖는 소리 때문에 잠들 수 없다."
"여기저기 쌓여 있는 배설물이 비위생적이다."

결국은 인간이 불편함을 호소해야 가여운 아이들에게 최소한이라도 편해질 수 있는 여지가 생기기 때문이다.

짧은 끈에 묶여 꼬리를 흔드는 개들을 두고 돌아설 때의 무력감. 그것은 그동안 내가 해온 수많은 구조활동으로 크게 부풀어

오른 자부심을 한순간에 무너트렸다. 15년간 구조활동을 해왔지만, 그 과정 속에서 겪는 속상함과 안타까움은 여전히 적응되지 않는다.

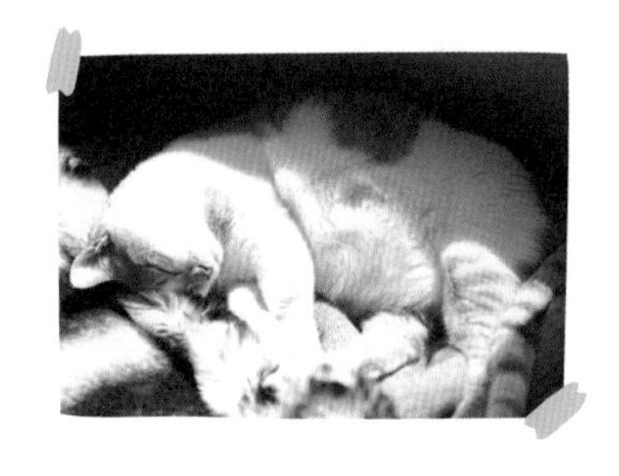

'대체 언제까지, 어디까지 가야 끝이 있나?' 하는 생각마저 들었다.

하지만 언제 또 그랬냐는 듯 새로운 희망에 절망은 순식간에 사라진다. 만삭이던 삼색 고양이가 어느 새벽 다섯 마리의 새끼들을 무사히 잘 낳았다는 소식을 들을 때처럼 말이다.

그렇기에 끊임없이 내미는 구조의 손길을 나는 쉽게 거절할 수 없다. '도와주세요'라고 말하는 고통과 아픔을 가진 아이들의 눈을 보면, 지금 내미는 그 아이들의 손이 마지막으로 내미는 손일지도 모르기 때문이다.

기적은 기적처럼 오지 않는다. 다만 내미는 손을 잡았을 때 절망은 가끔 기적으로 바뀌는 묘기를 부린다.

"고생했고, 대견하다. 삼색아!
앞으로는 좀 더 나은 묘생이 되길 기원하고 도울게."

part 3

끝까지 책임질 수 없다면 키우지 마세요

마지막 순간까지 가족일 수 있습니까?

어느 늦은 밤, 오랜 시간 길 생활을 한 듯 꼬질꼬질한 모습으로 길거리를 배회하고 있는 녀석과 마주쳤다. 그림 같은 이목구비와 풍성한 털, 5월의 봄날 하늘거리는 민들레 홀씨 같았다.

이 아이는 어쩌다 길 위로 내몰렸을까?

에메랄드색 눈에 담겨 있을 이야기가 궁금했다. “이리 온” 나지막한 목소리로 말을 걸자, 녀석은 내 목소리에 반갑다는 듯 꼬리를 세우고 “냐아~” 울며 다가왔다. 필시 사람 곁에서 살았던 고양이다.

나는 털이 유난히 길었던 녀석에게 '코리안 롱 헤어'를 줄여서 '코롱이'라는 이름을 붙여주었다.

코롱이는 사람들과 어울리기를 좋아하는 반면, 엄청난 낯가림쟁이였다. 구석 모서리에 딱 붙은 채로 잠들었고, 너무 긴장한 탓에 하루 종일 움직이지 않은 적도 있었다. 심지어 화장실도 참고 참다 겨우 한 번 가는 식이었다. 순한 성격은 그대로였지만 무척 소심하고 겁이 많았다.

지금 생각해보면 거리의 긴장감과 체취, 몸 곳곳에 남은 땟국이 바랄 시간이 필요했던 것 같다. 어느 정도 적응을 마치자 눈만 마주치면 발라당 누워 허공에 꾹꾹이를 할 정도로 애교 대장이 되었기 때문이다. 코롱이의 심쿵하는 애교 행각에 빠진 많은 분들이 입양을 원했다. 그럼에도 낯선 이를 경계하고 겁이 많은 탓에 실제 입양으로 이어지기는 쉽지 않았다.

그리고 얼마 후 코롱이는 드디어 입양을 떠났다. 처음에는 아주 잘 지내는 것처럼 보였다. 새로운 사람들, 색다른 환경에도 불구하고 특유의 애교로 잘 적응해나갔다.

반년 정도 지났을까? 갑자기 코롱이에게 빈혈 증상이 나타났다. 여러 차례 긴급 수혈을 받았지만 그 과정에서 수혈 부작용까지 나타났다. 위기의 순간이 이어졌다.

그럼에도 녀석은 꿋꿋이 약물 치료를 견뎌냈고 집으로 돌아갈 수 있었다. 긴 터널을 지났다고 생각했다. 그것이 끝이라고 생각했다.

하지만 더 엄청난 벽이 코롱이 앞을 가로막고 있었다. 정밀검사 결과에서 백혈병 바이러스 양성 판정을 받은 것이다. 설상가상으로 갑작스럽게 파양까지 당하고, 녀석은 그날로 다시 버림받은 고양이가 되었다.

힘든 병원생활을 버티는 코롱이. 하지만 그런 노력에도 불구하고 코롱이는 백혈병을 진단받았다.

어쩔 수 없는 파양이었다. 당시 입양자분도 코롱이와 함께 많은 시간과 고비를 넘겼지만 무척 힘들어했다. 외국의 보호소에서도 고양이가 백혈병 판정을 받으면 대부분 안락사를 할 만큼 반려인에게나 고양이에게나 힘겨운 병이다. 하지만 코롱이를 포기할 수 없었던 우리는 다시 녀석을 데려오기로 결정했다.

엠케이 님이 망설임 없이 코롱이의 임시보호를 맡아주었다. 코롱이의 병은 완치 가능성이 희박했고, 예후가 좋지 않았다. 그럼에도 선뜻 맡아준 덕분에 나와 보호소 사람들 역시 무엇이든 다 해보자고 뜻을 모을 수 있었다.

다음 난관은 치료비였다. 보호소 재정으로는 도저히 감당할 수 없는 금액이었다. 하지만 코롱이의 사연을 접한 수백 명에 달하는 사람들의 후원과 응원으로 극복할 수 있었다. 나비야사랑해와 깊은 인연을 맺고 있는 인피니트의 멤버 엘은 본인의 SNS에 코롱이의 사연을 올려 후원을 돕기도 했다. 입원과 퇴원을 반복하면서도 코롱이가 밝은 모습을 잃지 않았던 이유는 다 그분들 덕분이다.

3개월 후 코롱이는 다시 위독해졌다. 하루하루 마음 졸이는 시간이 계속되었다. 하지만 누구 하나 포기하지 않았다. 코롱이에게 적합한 약과 영양제, 할 수 있는 모든 치료 수단을 동원해 최선을 다했다.

핑크빛 젤리여야 할 코롱이의 발바닥은 여러 차례의 수혈에도 늘 하얬다. 오랫동안 이어진 코롱이의 투병으로 모두가 조금씩 지쳐가던 어느 날이었다. 녀석의 발바닥 젤리가 살짝 분홍빛을 띠는 것이 아닌가. 그 순간 우리 모두 희망의 눈물을 흘렸다. 그것이 코롱이가 우리에게 준 마지막 선물이었다는 것을 당시에는 몰랐다.

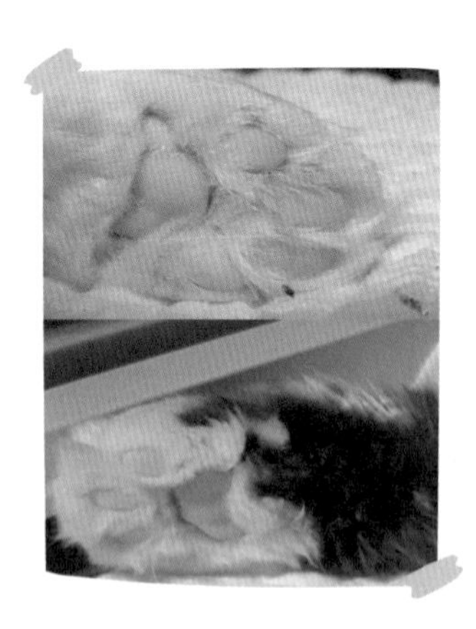

언젠가 이 발바닥이 핑크빛으로 돌아오기를 빌고 또 빌었다.

이별이란 녀석은 우리를 기다려주지 않았다. 코롱이의 마지막 순간은 병약한 녀석을 맡아준 엠케이 님의 곁이었다.

그럼에도 분명한 건, 가족 없는 고양이 한 마리의 가엾은 최후가 아니었다는 것이다. 마지막 순간까지 함께 한 엠케이 님은 분명 코롱이의 '엄마'였고, 코롱이를 사랑하고 응원한 사람들 모두가 '가족'이었다.

보호소를 운영하면서 나는 수많은 이별을 겪었다. 눈물을 삼키며 애써 미소를 지어 마지막 인사를 하기도 했고, 때로는 가슴을 쥐어뜯으며 주저앉아 한참을 울기도 했다.

올해로 15년, 숱한 이별을 겪었지만 나는 좀처럼 마음을 비울 수도 담담해질 수도 없다. 이별은 무뎌지지 않는다. 오히려 모든 이별이 가슴에 남아 한 걸음 한 걸음마다 그 자국을 더해갈 뿐이다.

고통도 외로움도 없는 그곳에서
모든 아픔 다 잊고 행복하길 바란다.

그래도 이것 하나만은 꼭 기억해주면 좋겠다.

마지막 그 순간 우리 모두가

너의 가족이었음을.

"귀여움을 팝니다"
고양이 카페 이야기

TV를 보면 언젠가부터 동물 관련 예능 프로그램은 물론, 광고와 드라마 등에서 유독 예쁜 고양이들을 자주 만날 수 있다. 털이 길고 보기 드믄 색깔이거나 생김새가 매우 특이한 아이들… 흔히 품종묘라 불리는 고양이들이다.

고양이 카페는 이런 품종묘들이 다양하게 모여 있는 집합소다. 페르시안, 스코티시폴드, 메인쿤… 예쁜 외양만큼이나 발음하기도 어려운 이름으로 불리는 아이들.

나에게 세상에서 가장 싫은 것을 꼽으라면 단연코 고양이 카페다. 커피를 팔면서 고양이들을 보고 만지며 눈을 즐겁게 하는 공간. 그 대상이 장난감이 아닌 살아있는 동물이라니 도저히 이해할 수 없는 일이다.

인천의 한 고양이 카페가 폐업을 신고한 후, 이틀 내로 묘당 10만 원에 분양되지 않으면 농장으로 보내버릴 것이라는 제보 글이 올라왔다.

도착했을 때는 이미 29마리의 고양이 중 15마리는 충청도에 있는 애견 카페 형태의 동물체험원으로 보내졌고, 열 살이 훌쩍 넘은 일반 고양이 2마리와 품종묘 12마리가 남아 있었다.

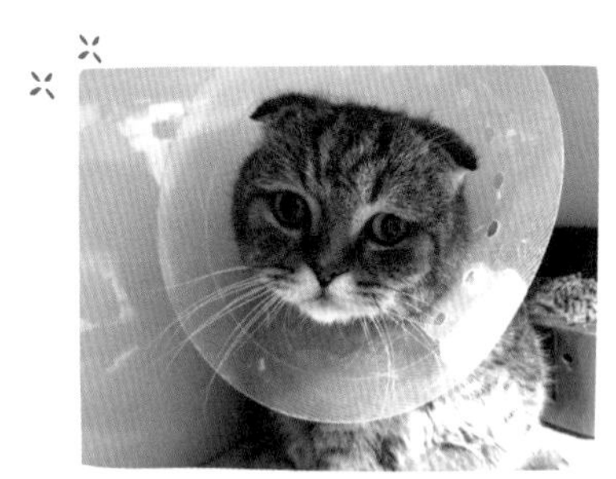

고양이 카페에서 구조한 귀여운 얼굴의 스코티시폴드(왼쪽)와 곱슬 털이 매력인 셀커크랙스(오른쪽). 제대로 된 관리를 받지 못한 탓인지 셀커크랙스는 눈 기형 상태였다.

카페는 개업 후 문을 닫을 때까지 고양이들을 교배 및 출산시켜왔고, 죄책감 없이 생명을 팔고 돈벌이에 이용해왔다. 우리가 찾아갔을 때는 카페의 형태는 흔적도 없었고, 덩그러니 남아 있는 고양이들을 그달 말까지 일하는 직원이 하루에 한 번씩 와서 밥과 물을 갈아주는 것이 관리의 끝이었다.

'어떻게 이럴 수 있느냐?' 시시비비를 가리는 일보다 중요한 것은 고양이들의 상태였다. 말 그대로 눈에 넣어도 아프지 않을 만큼 화려하게 예쁜 아이들이었다.

하지만 외양과는 달리 표정만은 지쳐 있었다. 이곳에 왔던 수많은 사람들에게 얼마나 성가실 정도로 관심을 받아왔는지 그 사실을 온몸으로 말해주는 것만 같았다.

우리는 14마리 고양이들의 몸값으로 140만 원을 지불하고 보호소로 데려왔다. 병원으로 가는 발걸음은 무겁기만 했다. 이 예쁜 몸에 또 얼마나 무서운 질병이 숨어 있을까?

'처참한 번식장에서 태어나 이런 곳으로 와서 또 한 번 인간의 유희를 위해 살다가 아무렇지 않게 버려지는구나.'

14마리 고양이들 모두 이빨, 피부, 귀 관리를 받지 못한 상태였고, 구조 후에는 장염과 구토, 고열 등으로 입원 치료를 받아야 했다.

품종묘 중에는 스코티시폴드 두 마리가 있었는데, 스코티시폴드의 특징이자 유전병인 접힌 귀의 모습을 하고 있었고, 그로 인해 극심한 고통을 받고 있었다.

목주위에 곱슬한 털이 특징인 셀커크랙스는 만성 호흡기 질환을 오랫동안 방치해왔고, 눈약을 제대로 넣어주지 않아 눈 기형 상태였다.

귀요미 스코티시폴드 접힌 귀의 어두운 비밀

스코티시폴드의 접힌 귀는 기형으로 인한 것이다. 접힌 귀를 갖고 태어난 고양이 대부분은 발목의 연골이 유전 이상으로 자라나는 '골연골 이형성증'을 앓는데, 이것이 시간이 지나면서 심각한 통증을 초래하는 관절염을 유발한다.
진통제를 놓아도 큰 효과가 없고, 장기간 진통제를 사용하면 신장이 망가지는 등 다른 질병을 초래한다. 때로는 고양이가 관절염으로 너무 고통스러워하는 모습을 보고 주인이 안타까운 마음에 어쩔 수 없이 안락사를 시키기도 한다.

그저 아름다운 외모만을 내세워 생명을 소비하는 곳, 생명을 수단 삼는 영업장에는 사랑도 책임도 최소한의 보살핌도 없었다. 귀가 접히고, 다리가 짧고, 보기 드문 털을 가졌다는 이유를 들어 존중받아야 할 생명을 유희의 대상으로 상품화하는 일이 얼마나 가학적인지 생각해보았을까?

이미 충청도의 모 동물체험원으로 보내진 15마리의 고양이들이 걱정되었다. '왜 좀 더 일찍 오지 못했을까?' 미안한 마음이 들었다. 분명 그곳에서도 많은 사람들에게 둘러싸여 사랑을 구걸하고 어느 순간 또 처참히 버려지리라는 것은 눈에 보듯 뻔했다(나비야사랑해는 곧 동물체험관을 찾아내 방문할 예정이다).

품종묘라는 이름으로 고양이들이 고가에 분양되고 있는 현실은 이제 그만 사라졌으면 좋겠다. 인간의 유희 때문에 태어나 평생을 고통받으며 살아갈 아이들을 지켜주는 것만으로도 충분하다. 더 이상 버려지는 현실을 만들지 않았으면 좋겠다.

생명은 유희의 대상이 아닙니다.

숨 쉬고, 웃음 짓고, 아파하는 존재입니다.

인간과 똑같이요.

거기
장모종 있나요?

"거기 혹시 장모는 있나요? 아니면 러시안블루는요?"

보호소로 연락을 하는 입양 신청자 중에는 아무렇지 않게 이런 질문을 하는 분들도 있다. '잘 모르실 수 있지…' 하며 마음을 추슬러보지만, 그때마다 씁쓸해지는 건 어쩔 수 없는 일이다.

품종묘라는 타이틀을 단 녀석들이 예뻐 보이는 건 백 번 천 번 이해할 수 있다. 하지만 이 녀석들이 왜 보호소에 와 있는지에 대해 한 번쯤 생각해볼 수 있지 않을까?

길고양이들과는 전혀 다른 모질과 색깔의 아름다운 코트를 입고 태어나는 아이들. 비싸게 팔린 뒤 언제까지고 꽃길만 걸을 것 같은 아이들.

그러나 이 아이들이 보호소에 오기 전까지 그들의 삶은 지옥 그 자체다. 이제는 알아주었으면 좋겠다. 보호소로 향한 발길과 관심은 분에 넘치게 감사하지만, 어떤 아이들이 보호소로 오게 되는지, 인간의 호기심과 욕심이 어떤 결과를 만들어왔는지.

"번식장에서 고통받는 아이들을 도와주세요."

제보자는 전라남도 한 마을에서 벌어지고 있는 일에 안타까워하며 제보했다. 발견 장소와 시기, 최근 동향 등 구조에 필요한 정보를 조목조목 설명해주어서 구조 가능 여부와 협조 가능성 등을 빠르게 결정할 수 있었다.

사연인즉슨 이러했다. 마을에 개와 고양이를 번식시켜 판매하는 작은 비닐하우스가 있는데, 안을 살펴보니 새빨갛게 녹슨 뜬장에 갇힌 동물들이 상당했다는 것이다. 번식장이었다.

품종묘로 보이는 고양이 가족과 소형견 위주의 강아지들이

눌어붙은 대변과 각종 오물이 가득한 뜬장 안에 다닥다닥 붙어 있었다고 한다. 심지어 이 아이들을 무작위로 교배시킨 뒤, 새끼를 낳으면 그대로 방치했기 때문에 하룻밤 사이에 싸늘하게 식어가는 어린 생명들도 부지기수였다고 한다. 대여섯 마리 중 한두 마리 죽는다고 크게 손해날 일이 없었기 때문에 전혀 보살피려는 노력을 하지 않은 것이다. 설명과 함께 첨부된 몇 장의 사진으로 그 현장이 얼마나 처참한지 알 수 있었다.

번식장은 펫숍에서 작은 유리 상자에 담긴 채 본능적으로 자기를 데려가 달라 슬픈 눈을 굴리며 비싼 가격에 거래되는 품종묘들이 마구잡이로 사육되는 현장의 민낯이다. 더 이상 지체할 시간이 없었다. 사진에서조차 느껴지는, 어서 빨리 구해 달라 소리치는 녀석들을 구조하러 가야 했다.

"상품 가치가 없는 녀석들은 그냥 가져가쇼"

대여섯 시간을 달려 내려간 현장. 멀리서 보기에는 평범해 보이는 비닐하우스에 가까이 다가갈수록 머리가 쭈뼛쭈뼛 설 정

낯선 인기척에 경계하는 뱅갈 고양이들. 지금도 새끼 고양이의 울음소리가 귀에서 떠나지 않는다.

도의 악취가 몸을 휘감았다.

알싸한 두통을 억누르며 열어젖힌 문 안에는 사진에서 본 뱅갈 고양이와 여러 종의 동물들이 낯선 이들의 방문을 잔뜩 경계하며 바들바들 떨고 있었다. 나는 한동안 말을 잇지 못했다.

어미와 다섯 마리의 새끼가 함께 방치되어 있다는 뱅갈 고양이 뜬장으로 향했다. 며칠 전까지 여섯 마리의 고양이가 생활했을 뜬장 안에는 다섯 마리만 있었고, 그중 살아있는 녀석은 어미를 포함해 세 마리에 불과했다. 살아남은 새끼들은 엄동설한에 상당 시간 노출되었는지 숨을 쉬는 것조차 버거워했다.

그 옆으로 줄지어 놓인 더 작은 뜬장들 안에는 각각 샴 고양이, 아비시니안 고양이, 코숏 고양이가 두려운 듯 나를 바라보고 있었다. 녀석들은 한눈에 보기에도 피부 상태가 엉망이었고, 허피스와 결막염 증상을 보였다.

다행히 제보자가 미리 번식업자와 설득을 끝냈기에 구조는 순조롭게 진행되었다. 제보자는 번식업자를 설득하기 위해 지속적으로 현장을 찾았고, 그때마다 날카로운 반응을 보이던 번식업자는 어느 순간부터 일부 녀석들에 한해 금액을 책정해서 돈을 요구했다.

제보자는 돈을 지불하는 대신, 돈이 책정되지 않은 '상품 가치가 없는 녀석들'도 데려갈 수 있게 해달라고 요청했다. 그러자 번식업자는 별다른 홍정 없이 "그냥 가져가쇼"라는 말로 이 요구를 수용하면서 동물들을 모두 구조할 수 있었다.

사실 제보자는 처음에는 구조와 치료, 보호, 입양에 달하는 모든 과정을 홀로 감당하려고 했다. 그러나 동물의 수가 너무 많았고, 온라인 커뮤니티에 올린 글에 사람들이 품종묘와 품종견에 집중적으로 입양 문의와 임시보호 요청을 해오자 망설일 수밖에 없었다.

연락이 온 사람들을 선불리 판단할 수 없을뿐더러, 중성화 수술과 구조 후 치료비 분담 등 여러 조건을 말하면 되레 화를 내는 사람도 있었다고 한다. 치료와 중성화 수술, 확실한 입양 시스템을 갖춘 단체를 찾다가 나비야사랑해를 비롯한 몇 군데 단체에 연락을 준 것이다.

이날 구조된 동물은 고양이 7마리와 말티즈, 푸들, 포메라니안 등 강아지 50여 마리를 포함해 약 60마리였다. 살아생전 뜬장을 떠난 적이 없었던 녀석들은 그곳을 벗어난 친구들이 돌아오지 못했던 사실을 기억해낸 듯 격한 거부 반응을 보이기도 했지만, 큰 사고 없이 모두 무사히 병원으로 옮길 수 있었다.

현재 동물들은 극진한 간호 아래 적절한 치료를 받고 있다. 치료를 마치면 함께 구조에 나섰던 동물보호단체들에서 임시보호처와 입양처를 알아보기로 했다. 고양이는 우리 나비야사랑해에서, 강아지는 개 구조 단체들이 치료를 마친 후 입양을 진행할 것이다.

녀석들 모두에게 제2의 견생, 묘생이
펼쳐지길 진심으로 기도한다.

번식장 일곱 냥이
그 후,
불편한 진실

불법 번식장의 일곱 냥이를 구조한 후, 병원에서 정밀 검사와 치료, 중성화 수술까지 힘든 길목을 숱하게 지나고 나서야 녀석들 모두 우리 보호소로 입소할 수 있었다.

마구 짖어대던 50여 마리의 개들과 부대끼며 녹이 빨갛게 슬은 뜬장이 세상 전부였을 일곱 냥이. 구조된 아이들은 몸과 마음에 많은 병을 안고 있었다.

예상대로 구조된 녀석들 중에 같은 종種이었던 뱅갈 고양이들은 한 가족이었다. 제일 큰 뜬장에 갇혀 있던 어미와 새끼들 외에도 그 옆의 비좁은 뜬장에 있던 아빠까지 총 네 마리였다.

아빠 뱅갈 고양이는 귀진드기를 시작해 장염과 온몸 구석구석 알 수 없는 흉터가 있었고, 무엇보다 늘 잔뜩 주눅 들어 있었다. 사람이 자기 앞을 지나가면 자세를 최대한 낮추고 얼굴을 땅에 콕 묻어버렸다. 그 웅장한 자태는 온데간데없이 바들바들 떨었다. 아마도 인간 자체를 무서워하는 것 같았다.

같은 뜬장에 있던 어미와 새끼 고양이들은 모두 허피스와 결막염에 걸려 있었다. 특히 새끼들이 심각했는데, 한 마리는 언제부터 걸렸는지 누가 툭 건드리기만 해도, 아니 뜬장의 작은 진동에도 눈에서 진물과 피가 섞인 고름이 뚝뚝 떨어졌다.

차례로 구조된 아비시니안, 샴, 코숏도 허피스와 코로나 장염, 결막염 등 각종 질병으로 고통받고 있었다. 가장 고령으로 보이는 아비시니안 고양이는 파보 장염에 감염되어 먹이를 먹는 족족 설사를 했고, 그러면서도 끊임없이 먹이를 찾는 모습이 그동안 숱하게 굶어왔을 삶을 보여주는 것 같아 안타까웠다.

샴 고양이는 항문 주위가 헐다 못해 털이 온통 빠져서 맨살이 드러날 지경이었다. 장시간 폐렴에 노출된 채 제대로 된 치료를

번식장에서 구조되어 케이지로 옮겨진 고양이들

받지 못해 기관지 협착까지 와서 기침이 심했다. 코숏 고양이는 쥐잡이용으로 방치되어 사람 기척만 나면 늘 고개를 파묻고 안 보이는 곳으로 숨기에 급급한 모습을 보였다.

녀석들을 알면 알수록 충격 그 자체였다. 검사와 치료를 할 때마다 놀라운 사실들이 끊임없이 튀어나왔다.

구조된 고양이들이 모두 장염 증세를 보이는 것에도 이유가 있었다. 사료가 아닌 '짬', 즉 음식물 쓰레기를 먹어왔기에 탈이 날 수밖에 없었던 것이다.

지자체에서는 음식물 쓰레기를 가공해 동물의 사료로 사용하도록 하고 있다. 하지만 불법 번식장과 개농장에서는 주변 식당의 음식물 찌꺼기를 가공 과정을 거치지 않고 그대로 가져와 밥그릇에 부어주는 방식으로 사료값을 아끼고 있다.

짬을 먹는 개와 고양이의 건강 상태는 말로 표현하기 힘들다. 동물의 신장은 사람의 신장보다 작고, 기능 역시 약하다. 음식물 쓰레기의 염분을 빼지 않은 상태로 급여하면 당연히 신장이 망가질 수밖에 없다. 고양이의 경우, 나중에는 신부전을 동반한 각종 신장 문제가 발생해 목숨을 잃을 수 있다.

뜬장 역시 문제였다.

다닥다닥 붙어 있는 뜬장은 서로에게 온기를 나눠줄 수 있었지만, 병균 역시 나누는 상황을 만들었다. 이런 환경 역시 일곱 냥이의 건강을 해친 원인들 중 하나였다.

더군다나 오로지 상품 가치 논리에 의해 번식만을 위해 살아온 녀석들이라 예방접종은 만무했고, 작은 질병은 치료할 때를 놓쳐버렸다. 호미로 막을 수 있는 작은 질병을 가래로 막게 된 셈이다. 약 한 알로 해결할 수 있었던 병이 적출과 수술 등 복잡한 과정을 거쳐야 했고, 결국 죽음으로 치닫게 만들었다.

'이 녀석들에게 사람으로서 무엇을 해줄 수 있을까?'

고양이들의 병명을 들을수록 녀석들의 치료 과정을 지켜볼수록, 그곳에서 찾지 못해 철수했던 새끼 뱅갈 고양이 한 마리가 머릿속을 맴돌았다. 행여 나를 기다리지는 않을까? 나는 다시 현장을 찾았다.

그러나 그곳에서 나를 기다린 것은 새끼 뱅갈 고양이도, 빈 뜬장도 아니었다. 모두 구조해서 텅 비어 있어야 할 뜬장 안에 흰 눈처럼 하얀 장모종 고양이 한 쌍이 갇혀 있었다. 상상조차 못한 일이었다.

"누군가 버리고 갔소."

에둘러 말하는 번식장 주인. 그와 입씨름할 시간보다 새끼 뱅갈 고양이를 찾는 일이, 새로이 발견한 녀석들을 데려오는 일이 더 시급했다. 몇 시간을 뒤져도 새끼 뱅갈 고양이의 행방을 알 수는 없었다. 하지만 이름도 얼굴도 모르는 녀석 덕에 또다시 시작될 비극을 막을 수 있었다.

그리고 얼마 후, 비교적 건강하던 새끼 뱅갈 고양이 한 마리가 입양을 떠났다. 그 녀석을 제외한 6마리와 뒤이어 구조된 2마리, 총 8마리는 보호소에서 천천히 적응 중이다.

보호소 문 앞에서 빙글빙글 돌거나 특정 장소를 왔다 갔다 하며 불안함을 온몸으로 표현하는 녀석도 있었지만 지금은 제법 잘 지내고 있다. 이제는 천천히 시간을 갖고 건강을 회복하는 데 주력하고 있다. 적어도 이곳에서는 밥을 굶거나 찬바람에 방치될 일은 없을 테니까.

지금도 사람 기척이 나면 숨기에 급급하지만, 꽃 피는 봄이 오고 따뜻한 기운이 안팎을 감쌀 즈음이면 다른 녀석들처럼 이 아이들도 우리의 마음을 알아주지 않을까? 하나같이 예쁘고, 순한 성격이라 건강만 회복한다면 입양도 금방 갈 것 같다는 생각도 든다.

상품 가치가 있는 생명체를 만들기 위해 끊임없이 교배를 할 수밖에 없는, 마치 공장처럼 새끼를 생산하는 번식장 고양이들.

자기 배로 낳은 새끼들과 눈길 한 번 제대로 못 맞춘 채 생이별을 해야 하는 어미의 슬픔. 아무리 예쁜 모습을 갖추고 있어도 늙고 지치면, 아프고 가치 없으면 곧바로 버려져 차디찬 뜬장 속에서 생을 마감하는 녀석들을 기억해주기를 바란다.

깨끗이 닦인 유리창 안에 앉아 있는 강아지와 고양이들.

그 뒤에 숨겨진 어두운 진실을 알아주세요.

번식장에서 구조된 후 나비야사랑해에 새롭게 둥지를 튼 아이들. 이들의 아픔을 사람들이 기억하기를 바란다.

애니멀 호딩도 사랑일까?

재개발로 사람이 모두 떠난 아현동의 한 거리.

사람이 떠나 폐허가 된 그곳에 한 무리의 고양이들이 살고 있다는 제보를 받았다. 며칠 뒤면 본격적인 공사가 시작되어 흔적조차 없어질 곳이었다. 망설일 틈이 없었다. 바로 가지 않으면 녀석들이 위험하다.

사람들이 떠난 거리는 을씨년스러움 그 자체였다. 금방이라도 쓰러질 듯한 건물들, 언젠가 따뜻한 햇살을 받았을 창문들은 산산이 부서져 흔적조차 없었고, 휑하니 뚫린 창틀은 바람소리에 맞춰 괴성을 만들어냈다.

언덕으로 올라가는 길, 얼마 안 남은 가로등 불빛 아래 반짝 반짝 빛나는 도로를 보고 있으니 밤바다에 온 것만 같은 착각마저 들었다. 군데군데 거뭇하게 뭉친 것들은 바다 바위 같은 정취를 풍겼다.

그러나 이런 낭만적인 상상은 오래가지 못했다. 밤바다에 첫발을 디뎠을 때 비로소 그 정체를 깨달았기 때문이다. 땅거미 진 거리를 차지하는 것들은 알고 보니 건물에서 떨어져 나온 유리 파편과 온갖 쓰레기들이었다. 자칫하면 금방이라도 붉은 피를 뿜어낼 조각들이 지천에 널린 거리라니. 이곳을 맨발로 지나다닐 녀석들 생각에 눈앞이 캄캄해졌다.

'꼭 만나야 하는데…. 옆집에는? 위층에는? 옆방에는?'

끝나지 않을 것만 같은 숨바꼭질이 시작되었다. 한 집 건너 한 집, 겹겹이 쌓인 건물들을 하나하나 헤집고 다녔다. 시간이 흐를수록 들어갈 집보다 들어간 집이 많았다. 번번이 빈손으로 나오는 횟수가 많아질수록 발걸음은 점차 무거워졌다. 건물 입구마다 빨간색으로 칠해진 X 표시를 마주칠 때마다 그 표식이 마음속에 더 깊이 새겨지는 기분이었다.

그렇게 언덕 정상부에 다다랐을 무렵, 녀석들이 나타났다. 하얀 장모종 고양이와 같은 색의 단모종 고양이가….

'제발 움직이지 마라. 한 발짝도 내딛지 마라. 차라리 훌쩍 날아서 유리 조각이 없는 곳으로 넘어가주길….'

'내 마음을 읽어줘!'라는 심정으로 녀석들과 눈을 마주치며 천천히 조심스럽게 다가가는 순간, 야속하게도 녀석들은 인접한 빌라로 쏙 들어가 자취를 감췄다. 순식간에 벌어진 일에 우리는 별 수 없이 발길을 돌려야 했다.

언덕길에 흰색 고양이 두 마리. 고양이들이 밟고 있는 땅은 유리 파편으로 가득했다.

본격적인 공사는 4일 뒤, 우리에게 주어진 시간은 단 3일이었다. 지난 밤 함께 움직였던 보호소 운영진 엠케이 님과 알곤 님의 마음도 덩달아 급해졌다. 우리 눈에 띄었던 흰 고양이 두 마리와 그 안에 더 있을 고양이들까지, 이들을 모두 구조하려면 시간이 촉박했다.

다음날 다시 찾은 빌라의 내부는 아비규환이 따로 없었다. 온갖 잡동사니 더미 속에 가득 쌓여 있는 고양이의 배변물과 누군가가 밥을 준 흔적, 빈 밥그릇이 눈에 띄었다. 녀석들이 움직일 만한 장소에 포획틀을 두고 본격적인 구조 작전에 돌입했다.

첫 번째 구조는 포획틀을 설치하고 네 시간이 지나서였다. 우리와 처음 마주쳤던 두 녀석 중 한 아이였다. 그 뒤 이틀 동안 여덟 마리의 고양이가 우리 품에 안겼다. 아비시니안, 러시안블루, 샴, 믹스 삼색이와 장·단모종 흰색 고양이까지 정말 다양한 외모와 연령의 녀석들이 옹기종기 모여살고 있었다.

그러나 첫날 보았던 흰색 장모종 고양이가 보이지 않았다. 그 어떤 흔적도 찾을 수 없었다. 새까맣게 타들어가는 우리 마음처럼 둘째 날도 그렇게 저물어갔다.

우주의 기운을 모아 간절히 기도했던 셋째 날, 드디어 녀석이 나타났다.

녀석은 무슨 일이 있었는지 이마에는 딱딱하게 굳은 피딱지를 단 채로 우리가 설치해놓은 포획틀에 들어가 있었다. 이제야 나타난 게 야속하기도 했지만, 무엇보다 건강히 돌아온 게 좋았다.

남은 포획틀의 상태가 전날 떠나기 전과 동일한 것으로 보아 이 녀석이 마지막인 것 같았다. 그렇게 2박 3일간의 밤낮없이 펼쳐진 구조 작전은 막을 내렸다.

지금 와서 그날을 돌이켜보면, 시종일관 도도해 보이는 표정이었던 녀석의 마음을 이해할 수 있을 것 같다. 가족들이 무사히 구조되는지 마지막까지 지켜보면서 저 인간들이 믿을 수 있는 사람들인지 고민하다가 적당한 시기에 "이제 그만 철수하시죠" 하고 메시지를 전해준 것이 아닐까.

녀석들이 살던 집은 애니멀 호더animal hoarder의 집이었다.

'어쩌다가 저렇게 다양한 종의 고양이들이 한 집에 살게 되었을까?'

궁금함에 구조 당시 실내를 촬영했던 사진을 살펴보았다. 방 곳곳에 놓인 빈 밥그릇, 한쪽에 쌓여 있던 케이지 무리, 의심이 갔다. 녀석들의 치료를 담당한 수의사는 이렇게 말했다.

"성체 모두 중성화되지 않은 데다가, 성체가 된 암컷들은 몇 번의 출산 경험이 있는 것 같아요. 다만 심각한 질병에 노출되지 않은 것으로 보아 아예 방치하지는 않았던 것 같고요. 아마 애니멀 호더의 집이 아니었을지…."

애니멀 호딩animal hoarding이란 동물을 제대로 돌보기보다는 '수집' 하는 행위로, 그런 행위를 하는 사람들을 애니멀 호더라 부른다.

언뜻 보기에는 길에서 떠도는 고양이에게 집과 먹이를 제공하기 때문에 사랑의 행위처럼 보이지만 동물학대의 한 유형이다.

미국에서는 애니멀 호더를 '무분별하게 수집을 하고, 수에 집착해 늘리는 사람'이라고 정의한다. 살아있는 동물을 말 그대로 가방이나 옷을 수집하듯 모아두고, 죽음이나 질병에 노출되는 것에 개의치 않기 때문에 정신병으로 간주하고 있다. 결국에는 도망치거나 손을 놓아버려서 동물들을 떼죽음당하도록 만들기 때문에 동물학대의 주범으로 보는 것이다.

사랑이라며 방치했을 이름 모를 그 사람이 너무나 원망스러웠다. '사랑'이라 표현한 '욕심' 때문에 이 아이들이 겪어야 했을 아픔이 얼마나 컸을지 가늠하기 어려웠다. 한때는 예뻐서 사랑받았지만, 이유 없이 버려져 받았을 상처와 아픈 기억들….

나를 더 힘들게 했던 점은 아홉 냥이 모두 사람을 무척이나 좋아한다는 것이었다. 사람에게 버려졌음에도 자신의 모든 것을 걸고 우리에게 다가온 녀석들. 그 춥고 배고픈 곳에서 사람의 손길을 얼마나 기다렸을까?

나와 보호소 사람들은 정성스럽게 녀석들을 돌본 후 입양처를 수소문했다. 원체 예쁘고, 귀여운 녀석들이기에 입양 절차는 순조롭게 진행되었다. 아홉 냥이가 우리를 떠난다는 아쉬움보다 한 마리 한 마리 앞에 놓일 따뜻하고 행복한 세상에 대한 기대가 더 컸다.

그렇게 1년이 흘렀다.

다행히도 녀석들은 자신과 꼭 맞는 반려인들과 새로운 삶을 살고 있다. 구조 후에 낯선 사람들의 품에 안겨 재롱부리고 애교부리는 모습을 떠올리면, 지금 살고 있을 그곳 그 누구에게도 사랑받을 것이라고 확신한다.

지금 반려인의 무릎 위나 햇볕 드는 따뜻한 창가 옆,
아니면 어딘가 비밀스러운 공간에 있을 나비들아.
살아있어서 다가와 주어서 고마워.
그리고 인간이어서 미안해.

특이하고
신기하니까,
라쿤

"라쿤을 구조하면 어디 입양 갈 곳을 찾아줄 수 있나요?"

우리 보호소의 십년지기 외국인 봉사자 코디 님의 연락이었다. 국내의 모 라쿤 카페에서 누군가에게 입양된 라쿤은 얼마 지나 파양되었고, 다행히 곧바로 다시 입양되었지만 또 다시 파양, 재재입양이 되었지만 결국 동물구조관리협회로 와야 했다.

동물구조관리협회는 지자체에서 운영하는 곳으로 동물들이 일정 기간 안에 입양되지 못하면 안락사를 시행하는 곳이기도

하다. 세 번이나 파양된 라쿤에게 열흘 후 작은 철장 안에서 주사바늘을 꼽게 하는 일은 생각조차 하기 싫었다.

우리는 연계 병원으로 달려가 라쿤이 사람과 살 수 있을 만큼의 질병과 바이러스에 대한 항체를 보유하고 있는지 확인한 후 중성화를 위해 입원시켰다. 그때부터 보호소에는 비상벨이 울렸다. 누구도 라쿤의 생리를 몰랐다. 뒤늦게 우리는 라쿤에 대한 공부를 시작했다.

"모든 음식물을 물에 씻어 먹는 동물, 잡식에다가 문이란 문은 다 열 수 있는 다재다능한 손을 가진 사고뭉치, 물을 좋아해서 늘 물을 틀어놓기 때문에 물바다를 만들기 일쑤…."

과연 사람과 함께 살 수 있을까?

머릿속이 복잡해지고, 내가 무슨 짓을 한 건가 싶었다.

병원에서 작은 케이지에 들어가 있어야 했던 라쿤은 늘 불만이 가득해 보였다. 처음 2~3일을 제외하면 불편함과 답답함에 이를 드러내기도 하고, 제 손을 잡아당기기도 했다. 자기 앞에 놓인 물그릇에 사료를 하나하나 씻어 먹는 재미도 이내 무료해지고 짜증이 났는지 케이지 문을 열고 싶어서 난리를 치다가 지쳐 잠들곤 했다.

다행이 라쿤은 광견병도 없었고, 중성화도 되어 있었다. 성격과 덩치만 빼면 건강상으로는 사람과 분명히 함께 살 수 있는 생명체임이 확인되었다.

라쿤을 임시보호 및 입양할 수 있는 분들을 찾는다는 글을 올리자 문의가 쇄도하기 시작했다. 특이하고 호기심이 앞선 질문들이었다. 그리고 마침내 입양을 전제로 한 임시보호자 몇 분을 찾을 수 있었고, 그 누구보다 라쿤에 관심이 많았고 잘 키워보고 싶다는 의지가 강한 분에게 보내기로 결정했다.

'이제 살았구나. 아니, 이제 잘 살겠구나.'

라쿤을 내려주고 거실 여기저기를 조심조심 다니는 녀석의 모습을 확인하고 돌아오는 길, 한 시간도 안 되어 라쿤은 또 다시 파양되었다(입양자분은 눈물로 함께 할 수 없는 이유를 전했고 책에서는 밝힐 수 없지만, 당연하고 명백한 이유와 그분의 착한 마음을 충분히 이해한 우리는 라쿤을 다시 데려왔다).

'정말 녀석이 가야 할 곳은 어디일까?'

여러 방법을 고민하며 인터넷 라쿤 카페에 가입했다. 하지만 분양 장사나 라쿤 카페 영업을 하는 경우가 아니라면 집에서 라쿤을 오랫동안 키웠던 사람은 거의 찾아볼 수 없었다.

라쿤을 키우는 사람을 찾아 직접 임시보호를 부탁하는 게 낫겠다는 생각이었지만, "분양 받았어요"와 "분양 보냅니다"가 마치 한 세트처럼 단기간에 행해지고 있어 믿음이 가지 않았다. 마음만 더 무거워졌을 뿐이다.

생각은 꼬리를 물고, 인간의 유흥과 호기심을 만족시켜주기 위해 만들어진 두꺼운 유리 너머의 라쿤 전시장에서 그 아이가 슬픈 표정으로 갇혀 있는 상상으로 이어졌다. 결국 우리는 나비야사랑해 제1보호소의 작은 방을 라쿤의 임시 거처로 정하고, 아쿠아플라넷의 라쿤 전시장 책임자에게 입소가 가능한지 문의를 넣었다.

이 결정을 내릴 때 보호소 내에서는 전시 동물에 대한 부정적인 입장도 있었다. 그러나 라쿤의 생활상이 잘 전시되어 있고,

라쿤은 한시도 가만있지를 못했다. 벽지를 뜯어놓고 제 스스로 문을 잠그고는 나오지 못했고, 답답한 듯 창문에서 떨어질 줄 몰랐다.

상근 수의사가 2명이나 있어 다른 곳에 비해 환경이 쾌적해 보였다. 집 안에서 라쿤을 돌보는 것보다 녀석의 야생성을 존중받으며 살아갈 수 있는 곳으로 보내는 것이 더 낫다고 판단했다.

하지만 이 역시 기존 라쿤들과의 합사 및 개체 수 문제로 거절되었고, 라쿤에게는 미안한 일이지만 현재 녀석은 여전히 우리 보호소에서 장기보호를 받고 있는 중이다.

국회에서 '특수동물 카페 금지' 즉 '라쿤 카페 금지' 법안이 상정을 기다리고 있다. 라쿤은 해외에서도 '인간과 함께' 살기에 힘들고 어려움이 있다는 사실이 증명되고 있다. 인간과 함께하기 어려운 특수동물들을 국내에 들여와 그들의 본성을 빼앗고 삶을 송두리째 망가뜨리는 이유가 무엇일까?

상업적인 이유로 무분별하게 번식시킨 후, 사람과 함께 살 수 있는 훈련이 되어 있지 않은 동물들과 사람의 공존은 당연히 조화를 이루기 어렵다. 짧게는 한 달, 길게는 1년 남짓 살다가 되팔거나 전혀 다른 목적으로 사육될 것이다. 결국에는 아무도 원하지 않는 사고뭉치의 불필요한 동물로 낙인찍혀 비참하게 삶을 마감하리라.

라쿤 카페 금지법 이전에 지금도 이곳저곳에서 인간의 욕심 때문에 이용되고 있는 라쿤들에게 어떠한 방법으로든 보호할 수 있는 장비를 마련해주어야 하지 않을까.

우리는 녀석을 위해 더 나은 방법을 고민하고
안정적인 최종 보호처를 꼭 찾을 것이다.

예쁘지 않다는 이유로

내 집에는 현재 고양이 20마리가 살고 있다.

그보다 앞서 같이 살았던 아이들도 참 많았고 무지개다리를 건너간 아이들도 있었다. 내 집에서 지내는 고양이들은 나이도 다르고, 생김새는 물론 성격도 제각각이다. 하지만 나와 함께 살게 된 이유는 단 하나다. 보통의 관점에서 볼 때 '예쁘지 않고 몸이 아프다'는 것이다.

아이들 대부분은 신체적 장애가 있거나 심리적 불안 증세가 있다. 그래서 입양이 아예 안 되거나 파양된 아이들이다. 경제적 측면 등을 고려할 때 보호소에서도 마냥 지낼 수 없기 때문에 우리 집이 종착지가 된 것이다.

네 차례의 파양으로 사람은 물론 다른 고양이들과도 소통의 문을 닫았던, 그러나 우리 집에 온 지 1년 만에 서서히 마음을 열어준 연이.

온몸이 부서진 채 방치되었다가 구조된 후 왼쪽 앞다리를 절단하고, 다른 고양이들의 수혈을 받아 수술 끝에 가까스로 살아난 인주.

어느 겨울밤 어미 고양이가 물고 가다 버렸는지, 배가 고파 어미를 찾아 나왔는지 탯줄을 단 채 눈도 못 뜬 아기 고양이. 길 고양이들에게 밥을 주기 위해 보호소를 나섰다가 우연히 만나 나를 어미로 알게 된 막샤미야.

충주댐 인근에 구겨진 파란색 택배수집박스에서 발견된 13마리의 믹스 고양이들 중 사나운 성격 탓에 유일하게 입양을 못 간

시계 방향으로 연이, 인주, 막샤미야, 굿모닝미스터블랙, 굿모닝미스터화이티, 캐딜락. 나의 동거남 동거녀들이다.

굿모닝미스터블랙. 1년간 책상 뒤에 숨어서 나오지 않던 녀석은 지금도 나와 동거 중이다.

시신경과 운동신경이 손상된 굿모닝미스터화이티. 비틀거리는 걸음걸이, 항상 커져 있는 동공, 한번 물면 조절하지 못하는 버릇으로 나를 마음 졸이게 한 녀석은 굿모닝미스터블랙과 마찬가지로 내가 아침에 눈을 떴을 때 아무 탈 없이 볼 수 있기를 기원하는 마음에 지어준 이름이다.

치매 엄마와 정신지체 딸이 키우던 고양이 열 마리가 엄마의 암 치료와 딸의 복지시설 입소로 인해 한순간 갈 곳을 잃었다. 이중 범백 바이러스로 뇌를 다치고 치료도 개선도 안 되는 불편한 몸으로 살아야 하는 캐딜락은 다른 형제자매들이 보호소로 갔을 때 혼자서 내 작은 공간으로 와야 했다.

이렇게 여섯 마리 외에도 많은 아이들이 나와 함께 살고 있다. 이중 하루에 세 번 약을 먹이고 직접 내 입으로 녀석의 코를 수시로 빨아 농을 빼줘야 해서 가장 손이 많이 가는 주인이, 그리고 신부전 말기로 마지막 삶을 정리하고 있는 빵게는 언제 또 우리 집을 영영 떠날지 모르겠다.

이처럼 각기 다른 장애와 언제 하늘나라로 입양을 갈지 모르는 고양이들과의 동거일지라도, 고양이가 없는 세상을 상상해 본 적이 없는 나로서는 지금이 무척 행복하다. 이들과 끝까지 함께 할 수 있다는 이유만으로도 감사하다.

“거실 소파를 버리고, 케이지를 몇 개 더 사서 둬야 할까봐.”

보호소에 머물 수 없는 세 마리 고양이를 더 집으로 들인 후에, 공간이 좁다며 내가 친구에게 농담조로 말했다. 순간 친구는 진지하게 물었다. "그럼 넌 어디서 생활할 거야?" 친구의 걱정 어린, 진심 섞인, 그리고 안타까움이 뒤섞인 말이 이어졌다.

"이 세상의 아픈 고양이들을 모두 네가 보살필 수는 없어. 스스로 감당할 수 있는 지금의 아이들 정도에 최선을 다해."

순간 코끝이 찡했다. 그리고 아이들의 구조와 치료에만 매달린 채 한동안 돌아보지 못하고 현실에 함몰되어 있던 내 자신을 바라보았다. 내가 진정 바라는 것은 무엇일까?

내가 바라는 건 많은 아픈 아이들이 나를 찾는 게 아니다. 언젠가는 내 도움이 필요하지 않아, 나를 찾는 고양이들이 없는 날일 것이다. 예전처럼 건강을 찾길 바랄 뿐이고, 나비야사랑해로 되돌아가 누군가의 품에서 제2, 제3의 삶을 살아가길 바랄 뿐이다.

남들 눈에는 예쁘지도 건강하지도 않지만
내게는 세상에서 제일 예쁜,
존재 자체만으로 고마운 고양이들이다.

너의 다리,
너의 두 눈이
되어줄게

여섯 시간의 차이를 두고 같은 날, 다른 장소에서 구조된 두 마리 새끼 고양이는 유달리 닮아 있었다. 한 마리는 경기도 시흥의 이름 모를 공원에서, 다른 한 마리는 경기도 일산의 차도에서였다.

5개월도 채 되지 않았을 법한 작은 생명체들은 두 마리 모두 오른쪽 눈이 괴사되어 있었고, 몸의 균형을 잡지 못하고 옆으로 쓰러지기 일쑤였다. 입을 잘 벌리지 못했고, 머리를 주기적으로 흔드는 증상도 보였다. 두 녀석을 치료한 병원 원장님도 당황해

할 정도였다.

정밀 검사에 들어갔다. CT 촬영을 했고 검사 결과, 두 마리 모두 뇌질환이 있으며 전신 마비 증상을 보였다. 너무 먹지 못해 영양 상태가 열악하다는 소견도 받았다. 어린 나이인데도 심각한 장애를 지닌 녀석들, 우리 보호소가 아무리 열악하다고 한들 이들을 외면할 수는 없었다.

고맙게도 두 아이는 낯선 보호소 생활에 점차 익숙해졌다. 행주와 산성이라 이름 붙이고, 보호소에 첫 입소한 녀석들을 위해 볕이 가장 잘 드는 곳을 내주었다. 우리는 이곳을 '산성의 방'이라고 부르면서 본격적인 치료와 관리에 돌입했다.

새로 온 친구가 많이 아프다는 것을 아는 걸까?

선배 고양이들은 이 두 녀석에게만큼은 텃세를 부리지 않았다. 자기 영역이 확실한 고양이들임에도 스스로 움직이는 것도 버거울 정도로 약한 두 녀석에게는 한없이 관대한 모습을 보였다. 자리에서 쫓아내기 위해 못살게 굴거나 괜스레 툭툭 괴롭히는 행동도 없었다.

그렇게 행주와 산성이는 태어나 처음으로 자기만의 공간을 가졌다. 둘은 서로를 의지하며 좋은 단짝이 되었고, 서로의 눈과 다리가 되어주었다. 작은 방이었지만 이곳에서는 남은 한 쪽 눈을 감고 마음 편히 잠들 수 있는 곳이라는 것을 알아차린 것 같았다.

다행히 두 녀석은 살고자 하는 의지가 강했다.

음식을 줄 때마다 한 입이라도 더 받아먹겠다고 악착같이 매달렸다. 건사료를 갈아서 물에 녹이거나 습사료를 주사기 안에 넣어 과급해야 하는 상황이었지만, 먹어보겠다며 온몸에 사료와 물을 묻혀가며 한 입 두 입 목으로 넘기는 녀석들을 볼 때마다 가슴 한편이 짠해졌다.

하지만 녀석들의 의지와는 상관없이, 입은 제대로 벌어지지 않았고 몸은 사정없이 흔들렸다. 한차례 전쟁 같은 식사가 끝나면 패드 위에 눕혀 배변을 유도해야 했고, 또 그 시간만큼 삼키지 못한 음식을 쓸고 닦는 시간이 필요했다.

매 끼니마다 반복되는 일, 당장 눈에 보이는 많은 일들보다 가슴에서부터 북받쳐 올라오는 감정을 이겨내는 게 더 힘들었다.

보호소에 특별한 손님이 찾아왔다. 한 사료회사의 봉사팀과 애묘인이자 고양이 '별이'의 집사로 잘 알려진 인피니트 엘이 봉사활동을 온 것이다.

익숙한 솜씨로 고양이 화장실을 치우고, 사랑이 고픈 녀석들과 어울려 즐겁게 놀아주는 그의 모습은 누가 봐도 인정할 만한 캣대디였다.

이런저런 일들이 끝나갈 때쯤 그가 산성의 방에 있는 중증 장애묘들에 대해 물어왔다. 저들이 왜 여기에 있는지, 어떤 사연이 있는지, 녀석들마다 갖고 있는 아픔과 고통을 말해주었다.

"제가 한번 먹여봐도 될까요?"

조용히 듣던 그는 조심스럽게 산성이의 식사 급여를 해도 되느냐고 물었다. 산성이를 매일 돌보는 사람들도 버거워하는 일이었다. 만류했지만 그는 꼭 해주고 싶다고 답했다.

한쪽으로 쏠려 굳어가는 작은 고양이의 몸은 자칫 잘못 자리

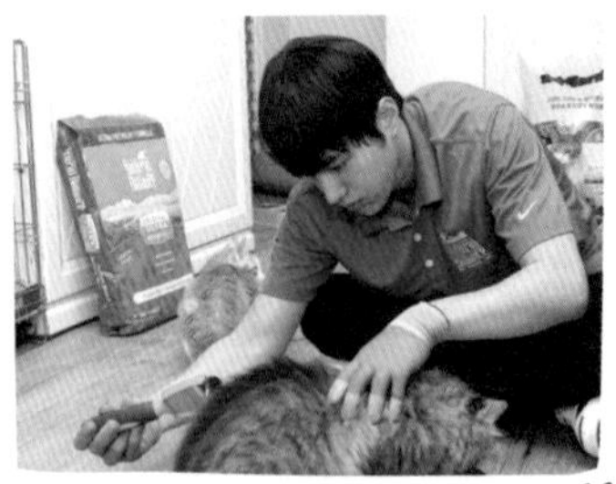

언제나 나비야사랑해에 큰 도움을 주는 존재. 산성이를 만나는 그날도 직접 식사를 급식해주었다.

를 잡으면 금세 다른 방향으로 구부러지기 쉬웠다. 모든 신경을 써서 한 모금이라도 목구멍으로 넘기기까지 십여 분이 흘렀고, 그 모습을 지켜보는 다른 봉사자들과 그의 뒷목에는 식은땀이 흐르고 있었다. 주사기의 반 이상은 바닥에 흘리고, 남은 반을 힘겹게 목구멍에 먹이고 나서야 잠시 허리를 펴고 살짝 웃는 그의 모습은 정말 천사가 따로 없었다.

장애가 있는 고양이에게 음식을 먹이는 방법에는 이렇다 할 규칙이나 방법보다는 최대한 불편하지 않게, 목으로 잘 넘어갈 수 있게 주의를 기울이는 일이 최우선이다. 서툴러 보이지만 능숙하게, 부족해 보이지만 넘쳐나는 순간이었다.

엘은 그 후로도 나비야사랑해와 깊은 인연을 이어갔다. 매해 두 차례 있는 바자회에 애장품을 보내어 경매 금액을 전액 후원하고 있다. 내가 잊거나, 미안해서 말을 못 꺼낼 때도 "대표님, 이번 바자회는 언제인가요?" 하고 먼저 해피콜을 주기도 한다.

어떤 모습으로든 다시 만날 수 있기를

엘과의 행복했던 한때가 지나고 일상으로 돌아왔다.

앞으로 더 나아지리라는 바람과는 달리 행주와 산성이의 흔들림과 마비 증상은 갈수록 심해졌다. 밥을 먹는 시간도 전보다 두세 배로 길어졌다. 보호소 사람들은 두 아이에게 집중적인 관리가 필요하다고 판단했다. 결국 행주는 내 집에, 산성이는 또 다른 봉사자의 집에 위탁해 면밀히 돌보기로 했다.

"점점 더 굳어갈 겁니다. 입도 더 벌어지지 않을 거고요."

행주를 데려오는 길에 병원에 들러 받은 정밀 검진의 결과는 절망적이었다. 나는 누구에게도 검진 결과를 이야기하지 않았다. 결과에 순응하지 않겠다는 오기가 아니었다. 그저 한 입이라도 더 먹이고, 따뜻한 손길로 한 번 더 주물러줘서 다음에 병원에 가면 선생님을 깜짝 놀라게 해줘야지 하는 마음뿐이었다.

시간이 지날수록 주사기 구멍이 겨우 들어갈 정도로 좁아진 입은 아주 적은 양의 음식물도 받아들이지 못했다. 하루하루 말라가는 행주를 보며 "내일은 건강해질 거야. 살도 오르고 더 튼튼해질 수 있어" 주문을 외듯 말했다.

그렇게 한 달이 지난 일요일 오전, 늘 먹던 만큼의 양을 너끈히 먹어치운 행주가 유난히 지저분해 보여 수건에 따뜻한 물을 적셔 깨끗이 닦아주었다. 뽀얀 얼굴의 행주를 보고 있으니 이만큼 버텨준 게 무척 감사했다.

평화롭던 일요일 오전, 아주 잠깐이었다. 집 앞 편의점에 다녀온 그 몇 분 사이, 아무 일도 없었어야 할 그때, 행주는 조용히 무지개다리를 건넜다.

왜 지금일까? 난 왜 자리를 비웠을까?

그때만큼 나 자신이 야속한 적이 없었다. 행주를 떠나보내고 한 달 후, 산성이를 담당하던 봉사자에게 연락이 왔다. 산성이가 곧 무지개다리를 건널 것 같다고. 나는 다행히 산성이의 마지막은 지킬 수 있었다.

행주와 산성이를 모두 보내고 난 뒤, 문득 행주가 말도 없이 먼저 떠난 건 산성이의 마지막을 부탁하기 위해서가 아니었을까라는 생각이 들었다. 자기와의 이별은 다음에 올 이별을 의연하게 받아들이기 위한 과정으로 나를 훈련시킨 게 아니었을까? 좀 더 의젓했던 행주의 배려라고 나는 믿기로 했다.

행주야, 산성아
둘이 함께여서 다행이야.
서로의 눈이 되어주던 너희들이니
그곳에서는 더 재미있고 활기차게 뛰어놀길 바랄게.

part 4

당신이 문득 길에서 고양이와 마주친다면

길고양이가
쓰레기봉투를
뒤지고 있다면

길고양이들의 삶은 늘 처참하다. 그들의 끼니는 우리가 먹다 버린 음식물 쓰레기이고, 짜고 오염된 쓰레기라도 배고픔을 참지 못한 길고양이들은 목숨을 걸고 먹으려고 한다.

10년 전만 해도 쓰레기장 주변은 길고양이들이 쓰레기봉투를 이빨로 뚫어 흩트려 놓아서 더럽고 악취를 피웠다. 하지만 요즘은 그렇지 않은 경우를 종종 만나는데, 그런 곳은 유심히 살펴보면 네모난 상자로 만들어진 고양이 급식소가 마련되어 있다. 그 지역을 관리하는 캣맘과 캣대디가 만들어놓은 것이다.

사료와 깨끗한 물뿐인 세상에서 가장 단출한 밥상이지만, 급식소로 인해 길고양이들은 배를 곯지 않고, 더불어 쓰레기봉투를 뜯는 불상사도 막을 수 있다.

만약 고양이 급식소가 없는 곳에서 길냥이들이 쓰레기봉투를 기웃기웃한다면 당신이 해줄 수 있는 일이 있다.

식사 중이신 길냥 님. 사료와 함께 물은 필수다.

하나, 평소에 사료와 물을 챙겨주세요

외출할 때 사료 한 봉지와 물 한 통, 그것으로 충분하다. 밥그릇까지 챙긴다면 금상첨화이겠지만, 여건이 안 된다면 종이컵으로 대체하자. 사료를 줄 때 물은 필수다. 특히 길고양이들은 짠 음식에 노출되어 있기 때문에 신장 질환에 대비해서 늘 많은 물을 양껏 먹게 해주어야 한다. 물은 사료 그릇의 2배 이상의 크기가 좋다. 종이컵에 물을 담으면 쉽게 쓰러질 수 있기 때문에 가능하면 물그릇만은 크기가 넉넉한 것으로 챙겨 다니자.

둘, 경단밥을 준다면 주의하세요

적당량의 건사료와 습식사료 혹은 캔사료를 뭉쳐서 동그랗게 만든 것을 경단밥이라고 한다. 구내염이 심하거나 노령의 고양이들 또는 모든 이빨을 발치해서 건사료를 씹기 어려운 고양이들을 위해 주로 사용하는 방법이다.

또한 밥그릇을 놓기 어려운 장소에 있는 고양이를 위해 일회용 비닐에 넣은 경단밥을 던져서 급여하는데, 고양이들이 먹고 난 다음 음식물 잔해를 꼭 치워주어야 한다. 비닐 속에 남은 경단밥의 잔재가 여름에는 구더기와 함께 온갖 벌레를 꼬이게 하고, 심한 악취를 풍기기 때문이다. 종종 멀리서 던져준 후 자리를 떠나버리는 분들이 있는데 쓰레기를 치우러 오지 않으면 민원의 대상이 될 수 있다. 따라서 만약 경단밥을 준다면 꼭 뒤처리를 바란다.

셋, 고양이 급식소를 만들어주세요

밥을 주면서 그 구역 고양이들과 친해졌다면, 지속적이고 깨끗한 위생을 위해 고양이 급식소를 만들어주기를 권한다. 급식소는 세상에서 가장 조촐한 밥상이지만, 많은 고양이들에게 행복을 주는 밥상이기도 하다.

거창할 필요는 없다. 고양이들의 숫자에 맞춰 사료 그릇과 물 그릇을 놓는 것으로도 충분하다. 가능하면 한두 마리가 머리를 맞대어 먹을 수 있는 크기의 사료 그릇을 준비하면 좋고, 비바람을 피할 수 있도록 지붕이 있으면 더 좋다. 고양이들이 밥을 먹으면서 다른 생각이나 주변을 의식하지 않고 '밥이 맛있다'고 생각할 수 있는 밥상이면 충분하다.

넷, 밥은 언제 줘야 할까?

고양이 밥은 하루에 한번 정해진 시간에 급여하면 된다. 시간대는 캣맘과 캣대디의 여건에 따라 달라지는데 주거지역이라면 새벽에 급여하는 사람들이 많고, 공원이나 산책로라면 해가 지기 직전이나 오후 늦게 급여하는 편이다.

고양이는 영리한 동물이다. 자신의 새로운 밥과 깨끗한 물이 언제 오는지 알고 있고, 늘 앞에서 먼저 기다리고 있다. 또한 서열이 분명한 동물이라 누가 먼저 먹고 가면 다음은 누가 먹어야 하는지 혹은 같이 먹어야 하는지를 분명히 알고 있는 동물이다.

자꾸만 고양이가 저를 따라와요

사람을 무작정 따라오는 고양이라면 대개는 집에서 키우다 버려진 경우가 많다. 보통은 캣맘들이 밥을 주는 장소에 유기되는 일이 흔한데, 버려져도 자신의 고양이가 '누군가에게 도움을 받을 수 있지 않을까?' 하는 마음 때문에 그런 것이 아닐까 싶다.

하지만 한 번 사람의 손에 키워지고 사람과 함께 생활한 고양이는 길고양이 영역에서 생활할 수 없다. 따라서 가능한 한 빨리 새로운 주인을 찾아주는 편이 좋다.

먼저 주변에 고양이 밥을 챙겨주는 캣맘 또는 캣대디가 있다면 그들에게 도움을 요청하자. 고양이를 모르는 사람보다 기존에 고양이를 보호 및 관리하는 사람들은 임시보호나 입양을 보낼 수 있는 네트워크를 갖고 있다.

인근에 있는 동물병원에 데려가도 좋지만, 병원의 특성상 지자체 보호소와 마찬가지로 일정 기간 주인이 나타나지 않으면 안락사를 할 수 있다. 따라서 병원에서 고지한 일정 기간 동안 노력을 했음에도 주인을 찾을 수 없다면 동물단체를 통해서 입양처를 알아봐주는 것이 바람직하다.

유기 고양이 신고 동물보호단체 연락처

- 나비야사랑해 www.nabiya.org
- 서울동물복지지원센터 02-2124-2839 (https://cafe.naver.com/seoulanimalcare)
- 한국동물구조협회 031-867-9119 (http://www.karma.or.kr)

사람에게 친화적인 고양이를 만나면 발길을 돌릴 수 없다.

길고양이에게 밥을 주고 돌아서면 꼭 한두 마리는 밥을 먹다가 얼른 고개를 돌려 '왜 가지?'라는 눈빛으로 쳐다보는 아이들이 있다. 밥을 먹다가 장난을 치려는지 바짓단을 잡아끄는 녀석들도 있는데 가서 밥을 먹으라고 밥자리에 데려다 놓아도 다시 따라나선다.

이러면 밥을 주면서 한결 가벼워졌던 마음이 도로 무거워진다. 겨우 떨어트려놓고 멀찌감치 와 뒤돌아보면, 역시나 나를 쳐다보고 있다가 돌아선 나를 향해 다시 뛰어와 안긴다.

'저 아이를 어쩌면 좋을까? 엄마도 동생도 친구도 다 여기 있는데….'

내 이기적인 마음일 수 있지만 나는 '사람을 좋아하는 고양이는 사람과 살 준비가 되어 있다'고 믿고 있다. 하지만 무턱대고 이 믿음을 휘둘러서는 안 된다. 자신 역시 고양이와 함께 살 준비가 되어 있는지 스스로를 판단해보아야 한다.

고양이를 집으로 데려갈 때 가족들의 반응을 어떻게 헤쳐 나갈 것인지, 고양이가 아프고 병들거나 나이 들었을 때 경제적으로 책임질 수 있는지, 고양이와의 시간을 충분히 확보할 수 있는지 등을 충분히 고려해야 한다.

단순히 불쌍하다는 생각으로 입양한다면 고양이와 함께 오랜 시간 행복할 수 없다. 고양이를 데려간다는 생각보다는 가족을 들인다고 생각해야 한다.

밥을 주고 돌아서면 꼭 한두 마리는 뒤돌아본다.

TNR
꼭 해줘야 하나요?

"또 새끼를 낳았어요. 어쩌지요…."

구조를 요청하는 전화 가운데에는 종종 울음 섞인 목소리로 이런 연락을 하는 분들도 있다.

이 분도 마찬가지였다. 돌보던 고양이가 네 마리의 새끼 고양이를 낳은 후 그중 한 마리만이 살아남았는데, 몇 개월 후 그 한 마리가 또 새끼를 낳았다는 것이다.

돌아서면 임신해 있고 새끼를 낳으면 그중 몇 마리만이 살아남는 일이 반복되더니, 어느덧 포도송이처럼 불어나 있는 어미와 새끼들이 밥자리에 나타난다고 했다.

보통 초보 캣맘들은 길고양이에게 먹이와 물을 주는 것으로 만족할 수 있는데, 오히려 부작용으로 엄청난 개체 수를 늘릴 수 있다. 나 역시 초보 캣맘 시절, 두 마리의 새끼 고양이를 돌보다가 여덟 마리로 늘어나는 일을 겪고 TNR의 중요성을 절실히 깨달은 바 있다.

전화로 울며불며 말하는 캣맘의 연락을 받고 현장에 도착했다. 아니나 다를까, 3대나 4대쯤으로 보이는 고양이 가족들이 옹기종기 모여 밥을 먹고 있었다. 엄마와 아들과 딸, 그 딸의 아깽이들까지… 결국 모두 데리고 가서 중성화를 시켰고, 새끼 고양이들은 입양을 보냈다.

3대, 4대가 같이 행복하게 잘 살면 안 되느냐, 꼭 생이별을 시켜야 하느냐고 물을 수 있지만, 새끼 고양이는 작은 위험에도 목숨을 잃을 수 있고, 인근 주민들과의 약속(한정된 수의 성묘만을 밥을 주고 청결을 유지할 것)을 지키기 위해서는 피할 수 없는 선택이었다.

태어나면 두세 마리만이 살아남아 2~3년의 짧은 생을 살아가는 길고양이의 인생

오랜 시간 길고양이와 인간 사이에는 많은 갈등이 있어왔다. 길고양이의 왕성한 번식력과 생존을 위해 쓰레기장을 더럽히는 일, 발정기 암컷들의 울음소리와 영역 다툼은 사람들이 길고양이를 배척하는 원인이 되었다. TNR은 그런 불만과 불편을 해소하고 인간과 길고양이가 잘 공존할 수 있는 방법이다.

TNR이란 Trap(포획)-Neuter(중성화 수술)-Return(방사)의 준말로, 길고양이를 포획해 안락사하지 않고 중성화 수술을 한 후에 다시 방사하는 것을 말한다. 즉, 고양이의 개체 수에 한해서 꾸준한 관리와 보호를 하는 제도다.

국내에서는 2008년 서울시에서 처음 실행되었다. 현재는 서울 전체와 경기도 몇몇 지역에서 지자체의 정해진 예산에 한해 길고양이 TNR을 실행하고 있고, 매년 전년도 대비 TNR 수치가 조금씩 늘어나고 있는 상황이다.

중성화를 위해 길고양이를 포획했다면 직접 TNR 지정 병원에 가서 TNR을 받을 수 있다. 또는 지자체 구청의 TNR 관련 부서에 전화하면 해당 관할 공무원이 나와 포획을 돕고 병원으로 이동시켜준다.

중성화를 한 수컷은 2~3일, 암컷은 5~6일 정도 계류시키며, 충분한 영양 섭취와 수술 부위가 안전하게 아물도록 관리해준다.

일정 기간 후에 방사를 할 때는 반드시 길고양이를 포획한 그 자리에 되돌려주어야 한다. 고양이는 영역 동물이어서 다른 영역에서 적응할 수 없다. 다른 영역에 데려다 놓으면 금세 해당 영역의 주인인 동물들에게 공격당하기 쉽고, 이로 인해 의식주를 잃어 몇 주 안으로 죽을 수 있기 때문이다.

가끔 TNR이 고양이에게 비인도적이라고 말하는 사람들도 있다. 고양이의 번식 능력을 상실하게 만들고 개체 수를 줄여 멸종에 이르게 한다는 주장이다.

하지만 나는 TNR이야말로 인도적으로 인간과 길고양이가 공존할 수 있는 방법이라고 생각한다. 중성화하지 않은 길고양이는 보통 1년에 3번, 한 번에 많게는 일곱 마리를 출산한다. 그중에 약 두세 마리만이 살아남아 고작 2~3년을 사는 것이 길고양이의 현실이다. 이런 환경에서 중성화 수술을 시키고 깨끗하게 관리해 오랜 시간 건강하게 살아가게 하는 것이 함께 하기 위한 더 나은 선택이지 않을까.

고양이를
학대하는 사람을
봤습니다

지방의 한 외딴 아파트 단지에서 네 다리가 같은 길이로 잘린 고양이가 발견되었다. 아니, 부려져 있었다는 표현이 더 맞을 것이다.

"마치 다리를 당겨서 펴놓고 뭔가로 내리친 것 같은데…."

녀석을 맡은 의사 선생님은 말을 잇지 못했다.

네 다리가 부러진 상태에서 움직일 수 없었던 고양이는 종이 상자에 담겨 있었고, 사람들은 일주일간 녀석에게 먹을 것을 가져다주며 비를 피할 수 있게 해주었다.

'CCTV로 확인해서 이 고양이에게 무슨 일이 있었는지 알아볼까? 그런데 그러고 나면?'

CCTV로 범인을 찾는 것도 문제이지만, 법의 테두리에 넣어서 처벌받도록 할 수 있으리라는 장담도 없었다. 최근에는 동물보호에 대한 인식 변화로 동물학대범의 처벌을 강화하자는 요구를 하고 있는 편이다. 그러나 아직까지도 직접적인 처벌은 이루어지지 못하고 있는 현실이다. 학대 정황에 대한 사실 확인이 어렵고, 이러한 학대는 늘 은밀하고 어두운 곳에서 이루어지기 때문에 더더욱 찾아내기 어렵다.

만약 어린아이들이 동물을 학대하는 모습을 목격했다면 잘못됐다고 혼내기보다는 좋은 방법으로 이해를 구하고 가르쳐주는 편이 좋다. 아이들의 경우 장난감과 생명을 구분하지 못하는 일도 있어서 본인이 학대를 하고 있다는 인식조차 없을 수 있다.

성인이나 정신적으로 문제가 있어 보이는 사람이 괴롭힘을 목적으로 동물을 학대하고 있다면, 먼저 증거가 될 만한 사진 및 동영상, 녹취 기록을 조심히 확보하는 것이 중요하다. 증거가 수집되면 가까운 관할 경찰서에 신고할 수 있고, 영향력 있는 동물단체에 의뢰해서 사건의 본질을 파악하고 법적 조치를 취할 수 있기 때문이다.

인간에게는 작은 돌팔매에 불과하지만 고양이들의 세상에서는 그것이 생존을 위협한다. 깨끗하게 정돈된 밥자리에 쓰레기를 던져놓거나, 쥐약을 뿌리는 행위는 고양이를 사망에까지 이르게 하기 때문에 엄격히 다뤄야 할 처벌 대상의 범죄다.

과거와는 달리 밥자리 주변에 설치된 CCTV로 그들의 만행이 드러나고 있다. CCTV 자료는 동물학대의 처벌 기준과 강화를 요청할 수 있는 중요한 증거가 되고 있다. 그럼에도 아쉬운 점은 처벌의 범위가 매우 한정적이고, 그 속도는 매우 느리다는 것일 테다.

때리면 아프고, 미워하면 도망가고 싶은, 저도 똑같은 '생명'입니다.

동네 사람들이 "밥 주지 마시오" 할 때

10년 전만 해도 고양이 밥을 주기 위해 새벽 한두 시에 집을 나서면 가장 두려운 존재는 '사람'이었다. 밥 주는 모습만 보여도 노성이 쏟아졌다. 밥을 주고 그 자리를 떠날 때까지 나의 뒤통수에 욕설과 큰소리가 이어지곤 했다.

"너네 집 앞에다 줘! 똥 싸고 아주 더러워 죽겠어. 그렇게 좋음 다 데려가서 키울 것이지. 아무튼 여기다 밥 주지 마!"

그런 일이 있으면 다음날부터는 밥 주는 시간을 새벽 서너 시로 늦췄다. 그들과의 싸움을 피하는 것이 우선이었다. 이해를 구하고 설명을 하려고 하면 폭언과 욕설이 먼저 돌아왔고 그때마다 어디서부터 어떻게 설명을 해야 할지 도무지 엄두가 안 났던 것이다.

그랬던 나였는데 요즘은 내가 먼저 너스레를 떤다. 밥 주는 모습에 못마땅한 표정으로 물끄러미 보고 있는 분들에게,

"여기 길고양이가 너무 많아서 지저분하죠? 제가 밥도 주고 수술해서 관리하고 있으니 앞으로는 나아질 거예요. 조금만 참고 기다려 주세요."

다행히 10년의 세월이 흐르고 요즘은 길고양이와 그들에게 밥을 주는 캣맘, 캣대디에 대한 시선도 조금씩 바뀌고 있다. 깨끗한 밥자리를 볼 때마다 차가워졌던 눈빛이 이제는 동정과 호기심 어린 시선으로 바뀌었고, 밥을 주지 말라고 소리치는 대신 밥상이 왜 있는지를 묻는 사람들도 많아졌다. 그 긴 시간 동안 꾸준히 밥자리를 지키기 위해 노력한 캣맘들의 공일 것이다.

이렇듯 길고양이 급식에 대해 사람들의 시선이 바뀌었고, 고양이의 밥을 챙겨주는 것이 나쁜 짓도 비난받을 일도 아니지만, 지금도 여전히 고양이 밥상은 사람들이 찾기 어렵고, 보이지 않는 곳에 마련되어야 한다.

겨울이 물러가고 한층 날씨가 포근해지는 봄날에는, 일광욕을 즐기기 위해 아파트 잔디밭에 고혹적인 자태를 드러내는 고양이들을 자주 만나는데, 이때 녀석들을 조심스레 따라가 보면 아파트 뒤편 조용한 곳에 어김없이 고양이 밥상이 있다.

아파트 단지 재활용품 수거처도 자주 이용되는 급식소다. 수도 시설까지 겸비하고 있다면 금상첨화다. 수거처는 사람들이 오래 머물지 않을 뿐더러 깨끗한 물을 바로 공급할 수 있기 때문이다.

깨끗한 물과 듬뿍 담긴 사료, 이 두 가지만으로도 그 동네 고양이들은 행복할 수 있다. 고양이들의 건강을 지켜줄 뿐만 아니라 주민들과의 갈등도 해소할 수 있다. 부디 무조건 적대하거나 멀리하지 말고 함께 공존할 수 있는 길을 찾아갔으면 좋겠다. 그것이 최고의 해결책은 아니더라도 서로를 이해하는 최선의 길일 테니까.

함부로 냥줍하지 마세요

혹독한 추위가 끝나고 봄의 기운이 느껴질 무렵이면 캣맘과 캣대디는 긴장에 휩싸인다. 따뜻해진 날씨에 그간 뱃속에 꽁꽁 숨어 있던 작은 생명들이 하나둘 세상 밖으로 나오기 때문이다. 바로 '아깽이(새끼 고양이) 대란'이다.

배고픔 때문에 나왔다가 길을 잃거나, 부모를 잃어버려서 길바닥으로 나온 아깽이들…. 어미를 잃고 헤매는 생후 한 달 가량의 새끼를 만나는 건 그나마 감사한 일이다. 어미가 물고 가다가 떨어뜨린 눈도 채 못 뜬 아이부터 어미가 먹을 것을 찾으러 가서 돌아오지 않아 하염없이 울다가 지쳐 잠든 아이까지… 태어난 지 하루 이틀밖에 안 된 아깽이들이 영문조차 모른 채 보호소의 차디찬 철장에서 며칠간 엄마를 찾다가 하늘나라로 떠나는 일이 부지기수다. 이 시기에는 살아있는 아깽이들을 만나기보다 무지개다리를 건너는 아깽이들을 만나기가 더 쉽다.

눈도 못 뜬 채 목을 세우며 어미를 찾는 수백 마리의 아깽이들 사진이 '10일 후 안락사'라는 문구와 함께 SNS에 올라왔다.

일주일 뒤, 일곱 마리의 새끼 고양이가 우리 보호소로 왔다. 네 마리는 위험한 공사장에서 새끼를 낳은 철없는 엄마에게서, 세 마리는 어미 고양이에게 묻지도 않고 새끼 고양이를 데려와서는 쥐잡이 고양이로 쓸 겸 시골에 보내겠다는 한 중년 여성에게서 구조된 아이들이다.

눈에 넣어도 아프지 않을 이 작은 생명체들은 아주 미세한 바이러스나 세균에도 목숨을 잃을 수 있다. 조금 큰 네 마리는 병원 진료와 1차 접종을 마쳤고, 나머지 작은 세 마리는 기본 검진 후 접종까지 위태롭지만 조심스런 하루하루를 보내고 있다. 그리고 일곱 마리 중에 세 마리는 다행히 입양이 확정되었다.

아깽이 대란에서 구조해 임시보호 중인 아기 냥이들

이들을 볼 때마다 사람들이 거리에서 새끼 고양이를 만났을 때 무엇이 최선인지를 고민해본다. 단순히 아깽이들 울음소리가 시끄럽다며, 털이 날린다며, 길고양이들이 싫다며 지자체에 신고만이라도 하지 않았으면 좋겠다.

어미가 아깽이들을 옮기다가 떨어뜨렸을 수도 있고, 주린 배를 채우러 잠시 외출했을 수도 있다. 따뜻했던 엄마 품이 그리워서 잠시 울부짖은 것뿐이다. 조금 울다 지쳐 있으면 분명 어미 고양이가 다시 품으러 올 것이다.

함부로 새끼 고양이를 만지거나 곁에 머무르는 것도 피하자. 새끼 고양이의 냄새가 달라져버리면 어미가 버리고 갈 수 있고,

사람이 주변에 있으면 포기하고 어미가 떠나버리기 쉽다.

만약 그럼에도 어미 고양이가 오지 않는다면?

반나절 혹은 하루 정도 기다렸는데도 어미가 나타나지 않는다면 그때는 아깽이의 새로운 엄마가 되어주길 바란다. 새로운 세상에서 잘 살아갈 수 있는 방법을 찾을 수 있게 꼭 안아주기를 바란다.

봉사활동과 임시보호는 어떻게 하는 건가요?

나비야사랑해의 제1보호소는 70~80여 마리의 고양이들로 늘 북적인다. 각기 다른 사연과 슬픈 이야기를 품고 모여든 고양이들…. 그런 고양이들에게 관심과 사랑을 갖고 봉사활동 연락을 주시는 분들에게 늘 감사할 따름이다.

다만 사람이 많은 환경을 기피하는 고양이의 성격상 많은 분들이 한꺼번에 봉사를 오는 상황은 자제하고 있다. 또한 나이가 어린 십대 봉사자들은 보호자의 동행을 필수로 하고 있다.

봉사활동은 대부분 보호소의 청결을 유지하는 '청소 봉사'가

쉬지 말고 우리의 관심을 끌란 말이다. 그것이 집사의 의무 아니겠냥.

큰 부분을 차지한다. 청소가 끝난 후에는 고양이들과 놀아주고, 긴 털을 지닌 고양이의 털을 빗겨주는 등 고양이와 함께 시간을 보내주는 방식으로 봉사를 한다.

임시보호 역시 봉사활동 중 하나다. 다만 임시보호 대상의 고양이는 특별 관리를 받아야 하기 때문에 선별하여 봉사자를 정하고 있다.

임시보호 대상 고양이는 주로 사람과 친해지지 못해 친밀감 형성이 필요한 고양이들이다. 보호소라는 낯선 공간에서 새로운 고양이들과 어울리기 싫어하는 녀석들, 좁고 어두운 구석으로 숨어 나오지 않는 녀석들, 몇날 며칠 동안 식음을 전폐하는 녀석들….

이런 아이들에게는 처음 구조가 되었을 때의 상황을 만들어 주거나, 자신이 버려진 것이 아니라 이제 다른 사람에게 사랑받을 수 있다는 상황을 이해시켜야 한다.

처음 보는 수많은 고양이들의 서열에 밀려 움츠러들지 않도록 해주고, '여기 나만을 사랑해줄 또 다른 집사가 있어'라는 사실을 일깨워주어야 한다.

우리 보호소에는 늘 열 마리 이상의 고양이들이 임시보호를 받고 있다. 대부분 다른 고양이들과 어울리지 못하고, 과거에 혼자 길러졌던 상황에 적응되어 집단생활이 불가능한 고양이들이다.

외국인 임시보호자의 경우, 한국에 있는 동안 짧게는 1년 길게는 3년 이상 보호해주고 있는 분들도 있다.

고양이와 생활을 처음 해보거나 고양이의 생활 패턴에 익숙하지 못한 임시보호자의 경우, 방묘문과 중간문 등의 설치를 요구해서 받아들여지면 임시보호를 하도록 하고 있다.

고양이들은 창문을 좋아해서 위험한 위치에 앉아 있거나 높은 곳을 좋아해 올라 다니기 때문에 혹시 발생할 수 있는 위험을 예방하는 것이다.

특별한 경우의 임시보호도 있다.

갓 구조된 어린 고양이나 보호소에서 낫기 힘든 호흡기 질환 및 소화 기능에 문제가 있어 치료가 필요한 고양이들의 경우에는 보호소보다 나은 환경에서 집중 관리를 받아야 한다.

나비야사랑해에서는 특별 보호 고양이를 케어하는 특별 임시보호 봉사자를 두고 있는데, 나 역시 그중 한 사람이다.

다리 하나가 없는 '언브레이커블', 만성 빈혈과 구내염이 있는 '굿모닝 미스 이브닝', 만성 설사로 케이지 생활이 필요한 '대모왕자', 기관지 협착으로 하루 세 번 약이 필요한 '라블'….

아픈 고양이들을 돌보는 특별 임시보호자는 정해진 시간에 약을 투여하고 규칙적으로 병원 진료를 받으러 갈 수 있을 만큼 시간이 허락되어야 한다. 그러다 보니 아픈 고양이와 함께 생활해본 적이 있는 봉사자들이 주로 지원을 한다.

임시보호는 때때로 입양으로 이어지기도 한다. 특히 1~3년

장기간 임시보호를 하는 외국인 봉사자들의 경우가 그렇다. 나비야사랑해에서는 임시보호로 시작해서 입양을 가는 경우가 약 60%를 차지하고 있다.

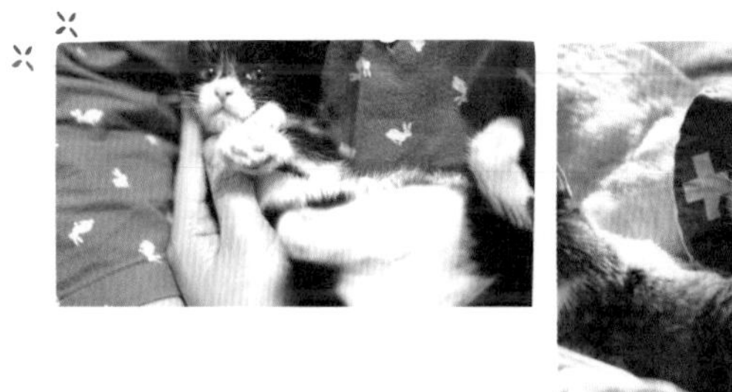

마음 따뜻한 임시보호자들 덕분에 서서히 건강을 되찾는 고양이들. 상처 입은 마음도 곧 회복되기를 바란다.

아래 양식은 고양이 보호소 나비야사랑해의 '임시보호 신청서'입니다.

임시보호 신청서

고양이를 보호하실 본인이 직접 작성해야 합니다.

▌임시보호 신청자 정보▐

① 이름 :

② 연령대 :

③ 직업(프리랜서일 경우 분야) :

④ 주소:

⑤ 연락처 :

⑥ 주 사용 이메일 주소 :

1. 관리 가능한 문제 상황에는 어떤 것이 있나요?

(호흡기-기침, 콧물 등 / 소화기-설사, 구토 등 / 피부-곰팡이 등 / 친밀감 형성)

답변 :

2. 임시보호를 희망하는 고양이의 이름이 있나요?

('가장 급한 아이'라고 적어도 됩니다.)

답변 :

3. 임시보호 얼마나 가능하세요?

(최소 2개월 이상)

답변 :

4. 주거지 형태가 어떻게 되나요?

(아파트, 빌라, 방 개수, 고양이 허용 여부 등)

답변 :

5. 사료와 모래 및 기타 물품 지원이 어렵습니다. 후원과 봉사의 마음으로 부담해주실 수 있나요?

답변 :

6. 반드시 지원받아야 하는 물품이나 요구사항이 있다면 적어주세요.

답변 :

7. 보호소에서 지낸 기간이 길었던 아이들이나 파양, 유기, 학대 등의 상처가 있는 아이들은 임시보호처 적응에 생각보다 오랜 시간이 걸릴 수 있습니다. 이 점을 알고 지켜봐주실 수 있나요?

답변 :

8. 식이제한이나 약 복용이 필요한 고양이들의 임시보호가 가능한가요?

답변 :

9. 간단한 가족 소개를 부탁드립니다.

(가족의 임시보호 동의 여부, 알레르기 유무 포함)

답변 :

10. 임시보호 기간 중 입양 절차의 일부를 진행해주실 수 있나요?

(입양 신청자가 방문하여 고양이를 만나볼 수 있어야 합니다.)

답변 :

11. 지금 함께하는 반려동물이 있다면 아래 질문에 답변해주세요.

① 성별과 나이를 적어주세요.

답변 :

② 얼마나 함께 사셨나요?

답변 :

③ 다른 동물에게 어떻게 반응하나요?

답변 :

④ 예방접종은 완벽하게 되어 있나요? 안 되어 있다면 무슨 이유 때문인가요?

답변 :

⑤ 중성화 수술이 되어 있나요?

답변 :

⑥ 과거 병력 중 가장 심각한 경우는 무엇이었나요?

답변 :

⑦ 임시보호 할 고양이와 완전 격리가 가능한가요?

(완전 격리 후 시간을 두고 천천히 합사하길 권합니다.)

답변 :

12. 평소 몇 시간 정도 고양이가 혼자 있나요?

답변 :

13. 임시보호 기간 중 매주 한 번씩은 소식을 전해주실 수 있나요?

(고양이의 사진을 게시할 블로그 또는 인스타그램 계정이 있다면 적어주세요.)

답변 :

14. 임시보호 시 계약서 작성에 동의하시나요?

답변 :

15. 하고 싶은 말씀 남겨주세요.

답변 :

신청서 제출은 nabiya_saranghae@naver.com으로 보내주시면 됩니다.

검토 후 연락드리겠습니다.

고양이를
입양하고 싶습니다

고양이 한 마리를 입양하는 데 있어 나비야사랑해의 입양 절차는 단순하지 않다. 이미 한 번 버려지고 상처받은 고양이들에게 '입양 후 파양'으로 또다시 같은 아픔을 주는 상황을 최대한 막기 위해서다.

고양이를 키우는 일은 한 사람의 몫이 아니다. 그렇기에 입양을 계획할 때, 가족들의 동의와 건강상 발생할 수 있는 불편함을 반드시 고려해야 한다.

가족의 일원으로 받아들인 후에는, 가족들 서로가 충분히 논

의해서 책임 분할도 해야 한다. 누가 밥을 줄 것인가, 누가 화장실을 청소할 것인가, 장기간 집을 비울 때 누가 집에 남아 있을 것인가 등등 상황별 대응과 책임 소재를 분명히 해야 한다.

성묘가 아닌 고양이를 입양할 경우 중성화를 해주어야 하고, 나이가 들어 아프거나 불의의 사고로 병원 진료비를 감당할 수 있는지에 대해서도 충분한 상의가 필요하다. 단순히 동물을 키우고 사육하는 것이 아니라, 최장 15년 정도를 함께 살아야 하는 가족의 구성원을 만드는 일이기 때문이다.

3장에서 소개한 코롱이는 입양 1년 후 백혈병 바이러스 확진 판정을 받아 어쩔 수 없이 보호소로 돌아와 우리와 마지막을 함께 했다. 이렇듯 피치 못할 사정으로 파양을 하는 경우를 제외하고는, 두 번 다시 버려지는 아픈 경험을 하지 않도록 하는 일이 입양 심사의 주된 목적이다.

그래서 미성년자와 대학생을 포함하여 경제적으로 독립하지 못한 분, 갓 취업했거나 파트 타임으로 불안정한 생활을 지속하는 분에게는 죄송하지만 입양을 보내지 않고 있다.

또한 사무실, 영업장(병원 포함), 베란다, 옥상, 케이지 등의 부

적절한 공간에서 살게 할 경우, 입양 신청자의 기존 반려동물 상황이 안정적이지 못할 때도 입양을 거절하고 있다. 이 모든 절차를 밟아 서류상의 문제가 없고, 최종 단계에서 가정 방문을 하고 문제가 없을 시 입양 계약서를 작성한다.

'뭘 이렇게까지 해야 하지?'
'내가 왜 이 사람들에게 평가받아야 하나.'
'복잡하고 번거로워….'

오늘도 입양을 기다리는 보호소의 아이들

이런 생각이 든다면 부디 입양에 대해 다시 한 번 생각해보기를 바란다. 물론 가치관이 맞지 않을 수 있지만, 나는 이런 기준들을 '기꺼이'라는 마음으로 받아들이지 않는다면 고양이와 사람 서로에게 상처가 될 뿐이라고 생각한다.

입양 신청서

나비야사랑해는 입양 신청자의 마음가짐과 입양에 대한 준비 상태를 최대한 파악하면서, 신청자 본인 또한 입양에 대해 다시 한 번 생각할 수 있는 기회를 갖도록 본 입양 신청서 작성을 요청합니다.
향후 파양이나 재입양을 예방하기 위함이니 솔직하고 성실한 답변을 부탁드립니다. 입양 신청서는 반드시 입양 후 고양이를 보호하실 본인이 직접 작성해야 합니다.

▮ 입양 신청자 정보 ▮

① 이름 :

② 연령대 :

③ 직업(프리랜서일 경우 분야) :

④ 연락처 :

⑤ 주소 :

⑥ 주 활동 커뮤니티 / 인스타그램 :

⑦ 네이버 ID / 닉네임 :

⑧ 주 사용 이메일 주소 :

1. 입양을 희망하는 고양이의 이름이 있나요?

(특정하지 않았다면, 비워놓아도 좋습니다.)

답변 :

2. 고양이 입양을 고려한 지 얼마나 되셨나요?

답변 :

3. 향후 20년간 국내에 체류할 계획인가요?

답변 :

4. 고양이 입양을 결정한 이유는 무엇인가요?

답변 :

5. 가족 소개를 해주세요.

(가족 수와 연령대, 간단한 소개, 알레르기 유무, 고양이 반려 동의 여부 등)

답변 :

6. 함께 거주하지 않더라도 향후 영향을 미칠 수 있는 가족이 있다면 고양이 입양에 대해 동의가 되었나요?

(미혼자일 경우, 현재 독립했어도 본가로 돌아갈 상황을 대비해야 합니다. 기혼자의 경우, 양가 부모님의 허락 역시 고양이의 안전에 중요합니다.)

답변 :

7. 주택 종류를 적어 주세요

(예: 빌라, 아파트, 단독주택, 오피스텔 등등)

답변 :

8. 자가 주택이 아니라면, 집주인에게 고양이의 거주 승낙을 받았나요?

답변 :

9. 창문과 출입구에 방묘창과 방묘문 등의 안전 장치가 있나요?

(추후 사진을 요청할 수 있으니 준비 바랍니다.)

답변 :

10. 고양이 외출이나 산책에 대해 어떻게 생각하나요?

답변 :

11. 평상시에 몇 시간 정도 고양이가 혼자 있나요?

답변 :

12. 성인이 된 후 고양이와 살아본 적이 있나요? 그 고양이는 지금 어떻게 되었나요?

답변 :

13. 현재 다른 반려동물이 있다면 소개해주세요.

(성별, 나이, 성격 등)

답변 :

14. 현재 반려 중인 고양이는 예방 접종과 중성화 수술이 되어 있나요?

답변 :

15. 현재 반려 중인 고양이는 큰 질병을 앓은 적이 있나요? 과거 병력 중 가장 심각한 경우는 무엇이었나요?

답변 :

16. 현재 반려 중인 고양이의 최근 건강검진은 언제였나요? 그 결과는 어땠나요?

답변 :

17. 입양 후 합사 스트레스가 심하면 질병으로 이어질 수 있고 섣부른 합사는 장기간 관계 악화로 극단의 결과를 만들 수 있습니다. 생각해두신 합사 계획을 적어주세요.

(격리 방법, 이후 친밀감 쌓는 법 등)

답변 :

18. 고양이 중성화 수술을 진행할 예정인가요? 그 이유도 함께 적어 주세요.

(이미 중성화된 아이를 입양하는 경우에는 중성화에 대한 의견을 써주세요.)

답변 :

19. 고양이의 이상 행동 중 견딜 수 없는 것에는 무엇이 있나요?

답변 :

20. 위의 이상 행동을 고치기 위한 해결책으로는 어떤 것이 있을까요?

답변 :

21. 어떤 사료를 급여하고 어떤 화장실과 모래를 사용할 계획인가요?

답변 :

22. 고양이의 생활에 영향을 미칠 수 있는 반려인의 습관이나 취미가 있나요?

(중장기 여행, 흡연 등)

답변 :

23. 고양이에게 매달 기본적으로 들어갈 예상 비용을 적어주세요.

(사료 및 모래, 영양제 등)

답변 :

24. 입양 후 필요하다고 생각하는 구매 예정 물품과 예상 비용을 적어주세요.

(이동장, 스크래쳐, 캣타워, 장난감, 간식 등)

답변 :

25. 예상되는 연간 병원 비용을 적어 주세요.

(백신접종, 정기검진 등)

답변 :

26. 중증 질병이나 사고 발생 시 고양이의 수술 및 치료 비용이 수백만 원 이상임을 알고 있나요?

답변 :

27. 휴가 또는 부재 시 고양이를 돌봐줄 사람이나 시설을 알고 있나요?

답변 :

28. 고양이의 수명은 최장 20년입니다. 고양이와 함께 20년을 함께 할 마음의 준비가 되어 있나요?

답변 :

29. 만약 고양이를 재입양 보내야 할 경우가 생긴다면, 어떤 이유 때문일까요?

답변 :

30. 입양 후 최소 얼마에 한 번씩 소식을 전해줄 수 있나요?

답변 :

31. 고양이의 근황을 전할 수 있는 블로그나 인스타그램 계정을 적어주세요.

(큰 질병, 수술, 가출, 이사 등 입양 고양이와 관련된 주요사항은 SNS를 통한 간접 소통으로 대체될 수 없으며 반드시 직접 연락주셔야 합니다.)

답변 :

32. 고양이에게 적정한 환경이 제공되지 않고 안전하게 보호받지 못하고 있다고 판단되거나 나비야사랑해와 입양자 간의 꾸준한 소통에 위배되는 문제가 있다고 판단될 시, 나비야사랑해에게는 고양이 반환의 권리가 있으며 입양자는 이에 응할 의무가 있습니다. 동의하시나요?

답변 :

33. 본 입양신청서는 추후 입양 확정 시 계약서의 일부로 포함되며, 신청서에 거짓으로 작성된 부분이 발견되면 나비야 측의 판단에 따라 입양이 취소될 수 있습니다. 동의하시나요?

답변 :

34. 마지막으로 당부하고 싶은 말씀이 있다면 적어주세요.

답변 :

신청서 제출은 nabiya_saranghae@naver.com으로 보내주시면 됩니다.

검토 후 연락드리겠습니다.

입양했다고
끝이 아닙니다

보통 입양을 하면 그것으로 끝이라고 생각하는 분들이 많은데, 나는 입양 자체가 목적이 되어서는 안 된다고 생각한다. 입양 후 어떻게 살아갈 것인지를 관리하는 것이 입양의 최종 목적이 되어야 한다.

7년 전의 일이다. 이태원에 첫 번째 둥지를 튼 무렵이었는데, 지역의 특성과 SNS 계정을 영어로 홍보하고 있어서 보호소에는 외국인들의 입양 및 임시보호 문의가 많았다.

한 외국인 남성이 세 번의 방문과 입양 상담을 마치고, 고양이 노랭이를 입양했다. 당시 주한미군이었던 남성은 환한 웃음을 지으며 노랭이를 데려갔다. 주한 미군은 나중에 한국을 떠나 미국이나 다른 지역으로 갈 때, 검역 기간이 까다로운 지역을 제외하고 반려동물의 동승이 어렵지 않았기 때문에 우리는 노랭이가 몇 년 후 아빠와 함께 미국으로 가겠구나 하고 생각했다.

하지만 약 6개월 후 노랭이의 근황을 확인하고 우리는 놀랄 수밖에 없었다. 당시 보호소의 SNS 담당 봉사자의 연락에 따르면, 남성분에게 입양을 갔던 노랭이는 그의 여자 친구의 집에 살고 있었고, 심지어 둘은 노랭이를 입양하고 몇 달 후에 헤어져버렸다.

보호소에서는 입양 후 꾸준히 입양자의 블로그와 SNS 계정을 확인하고 있었지만, 노랭이는 어느 날부터 연락이 되지 않았다. 결국 입양자의 SNS 친구들을 거쳐서 겨우 노랭이의 근황을 확인할 수 있었던 것이다.

미군 남성과의 연락은 쉽지 않았다. 군사 기밀 지역이어서 들어가서 따지기도 어려웠다. 다행히 노랭이를 데리고 있던 전 여자 친구는 원어민 강사들이 다니는 강동구에 위치한 큰 영어학원의 선생님으로 있었다. 당장 전화로 신분을 확인한 후에 만나서 노랭이의 소유권을 박탈했다.

직접 계약자가 아니며, 보호소의 의견과는 상관없이 위탁되었기 때문에 계약 무효로 처리할 수 있었고, 전 여자 친구 역시 노랭이를 끝까지 책임질 수 없는 상황이었기 때문에 우리는 그녀에게 소유권이 없음을 확인시키고 데려올 수 있었다.

이 일을 계기로 우리는 변호사의 조언을 토대로 계약서에 "조건부 증여 방식으로 입양 계약서를 불이행할 시 고양이는 보호소로 귀속된다. 이에 따르지 않으면 법적인 조치를 한다"는 문구를 추가했다.

평생 아끼고 사랑해줄 것 같지만, 일상을 함께 하다 보면 서로에게 소홀해지는 것이 가족이다. 사람끼리도 이러한데 말 못하는 동물은 어떨까? 현재 보호소에서는 입양자에게 의무적으로 블로그와 인스타그램 계정을 활용해 고양이의 근황을 올릴 것을 요청하고 있다.

입양한 직후에는 일주일에 한두 차례, 고양이가 새로운 집에 적응하면 한 달에 한두 번 근황을 요청한다.

다만 큰 질병에 걸렸거나 가출, 이사 등 고양이에게 신체적·정신적으로 큰 변화가 있을 때는 반드시 직접 연락을 하도록 요청하고 있다. 부디 입양자 자신도 무심해지는 일상 속에서 스스로를 경계하고 고양이에게 한 번 더 관심을 기울여주기를 바란다.

책임감도 함께 입양해주세요.

이 세상
모든 고양이에게

나는 '삶의 다른 형태'라는 말을 좋아한다.

고양이를 만나고 나의 또 다른 삶의 형태를 마주하면서 수많은 장애물과 성장통을 지나왔지만, 그럼에도 나는 지금 자신 있게 행복하다고 자부한다.

'만약 다시 태어난다면, 나는 지금처럼 또다시 고양이 엄마가 될 수 있을까?'

스스로에게 수천 번도 더 물어본 질문이지만, 나는 확신한다. 설령 이 일을 하지 않더라도, 나는 분명 나의 삶의 또 다른 형태로 고양이를 만나고 있을 것이다. 지금 이 순간처럼 고양이들에게서 만남과 이별, 행복과 고마움을 배우고 있을 것이다.

길지 않은 내 인생에서 앞으로 고양이들과 얼마나 함께 할지는 모르겠다. 그러나 남은 기간 동안 초심을 잃지도 좌절하지도 않고 마지막까지 보이지 않는 곳에서 힘들어하는 고양이들의 손을 꼭 잡고 보듬어주고 싶다.

동화 속 해피엔딩과 같은 바람이 있다면, 이번 생에서 지켜주지 못했던 하늘의 별이 된 그 고양이들을 다시 한 번 꼭 만나고 싶다는 것. 다음 생에는 꼭 다시 만날 수 있기를.

함께여서 언제나 든든한 나비야사랑해의 가족 강민정(알곤) 님, 노현진 님, 외국인 봉사자 코디(cody) 님, 황현주 님, 박영숙 님, 유진이 님, 서근원 님, 임선빈 님, 윤미경(엠케이) 님, 이경란(카터맘) 님과 모든 봉사자분들에게 감사 인사를 드린다.

또한 한결같은 마음으로 나비야사랑해의 모든 동물들의 건강을 책임져주는 이리온 동물병원 이미경 원장님, 윤성진 원장님,

김주향 선생님, 강동희 선생님 등 모든 선생님들과 테크니션분들에게 고마움을 전한다. 그분들 덕분에 아픈 고양이들이 세상 밖으로 나갈 수 있었다.

힘든 상황이면 언제나 내 편이 되어주는 〈애니멀라이트〉〈그린포스트 코리아〉 이병욱 님, 서울시 동물보호과 동물정책팀 김문선 팀장님, 용산구의회 김철식 의원님, 에이블트레이드 김재훈 님께 이 자리를 빌어 감사 인사를 드린다.

내 곁에서 아낌없는 충고와 큰 힘을 주는 최옥선 님, 백정흠 님, 강인태 님과 특별하고 소중한 인연을 맺어준 김명수 님, 박칼린 님, 이엘 님, 한채경 님, 이아진 작가님께도 머리 숙여 감사를 드린다. 그리고 이 책이 나오기까지 애써주신 비타북스 김소중 본부장님, 최재진 과장님, 편집부와 모든 직원들께 감사드린다.

무엇보다 하나뿐인 딸을 아픈 고양이들을 위해 살 수 있도록 어려운 결정을 해주고 믿어준 어머니와 아버지, 그리고 나의 두 동생 정엽과 성준아 모두 사랑합니다. 그리고 감사합니다.

당신이 문득 길고양이와 마주친다면

펴낸날 초판 1쇄 2019년 6월 5일

지은이 유주연

펴낸이 임호준
본부장 김소중
책임 편집 최재진 | **편집 3팀** 김현아 이한결
디자인 왕윤경 김효숙 정윤경 | **마케팅** 정영주 길보민 김혜민
경영지원 나은혜 박석호 | **IT 운영팀** 표형원 이용직 김준홍 권지선

인쇄 (주)웰컴피앤피

펴낸곳 비타북스 | **발행처** (주)헬스조선 | **출판등록** 제2-4324호 2006년 1월 12일
주소 서울특별시 중구 세종대로 21길 30 | **전화** (02) 724-7677 | **팩스** (02) 722-9339
포스트 post.naver.com/vita_books | **블로그** blog.naver.com/vita_books | **인스타그램** @vitabooks_official

ISBN 979-11-5846-295-6 03810

• 이 도서의 국립중앙도서관 출판예정도서목록(CIP)은 서지정보유통지원시스템 홈페이지(http://seoji.nl.go.kr)와
국가자료공동목록시스템(http://www.nl.go.kr/kolisnet)에서 이용하실 수 있습니다. (CIP제어번호: CIP2019020942)

• 비타북스는 독자 여러분의 책에 대한 아이디어와 원고 투고를 기다리고 있습니다.
책 출간을 원하시는 분은 이메일 vbook@chosun.com으로 간단한 개요와 취지, 연락처 등을 보내주세요.

비타북스는 건강한 몸과 아름다운 삶을 생각하는 (주)헬스조선의 출판 브랜드입니다.